BOSS OBSESSIF

FRÈRES BRATVA LIVRE 4

WILLOW FOX

Boss Obsessif

Frères Bratva Livre 4

Willow Fox

Publié par Slow Burn Publishing

v2

Traduction par sarahlrnt

Relecture par marie_frcy

Cover Design by MiblArt

UN

SAVANNAH

Je suis à nouveau vierge, sauf que cette fois, ma première fois, c'est d'être sous couverture. Et ce n'est pas un petit boulot. L'agent spécial superviseur Barrett Kingston m'envoie dans les profondeurs, pour infiltrer la bratva.

Et comme si ce n'était pas assez compliqué, je dois m'assurer d'éviter Madisyn Carter, une ancienne du FBI et une de mes anciennes collègues par la même occasion.

Je suis une boule d'énergie nerveuse enveloppée dans un petit nœud soigné avec un sourire timide. Je ravale mon anxiété et l'enfouit aussi profondément que possible parce que je ne peux pas foirer.

Les hauts responsables du FBI ont exigé que nous fournissions des preuves contre Mikhail Barinov et son organisation criminelle. Ce n'est pas une tâche facile, mais je ne m'occupe pas du Pakhan. Je me concentre sur l'un des hommes qui dirige le club. Ma cible est Anton Petrova.

J'arrive au Club Sage dans une jupe noire courte et un haut rouge vif assorti à mon rouge à lèvres. Ce n'est pas ma tenue habituelle, mais je suis habillée pour jouer le rôle et pour mon entretien avec Anton.

En poussant la lourde porte, je constate que l'intérieur du club est beaucoup plus sombre que l'extérieur, et il faut un moment à mes yeux pour s'adapter à ce changement intense.

— Puis-je vous aider ? demande un homme avec un épais accent russe.

Il me regarde de haut en bas. Ce n'est pas Anton. J'ai vu sa photo suffisamment de fois et mémorisé qui je vise pour comprendre que cet homme n'est qu'un autre membre de la bratva. L'homme à la porte n'est rien de plus qu'un garde du corps amélioré.

— J'ai un entretien, dis-je.

L'endroit sent la peinture fraîche et le bois. L'intérieur est brillant, et la scène semble neuve. À première vue, le club vient d'ouvrir, mais l'extérieur du bâtiment montre son âge. Il a dû se passer quelque chose ici pour nécessiter une rénovation aussi importante.

Il n'y a aucune mention de cela dans le FBI ou les journaux. Aucun rapport dans les médias expliquant un remodelage ou la raison de celui-ci.

— Attendez ici, dit l'homme.

Il traverse le couloir et disparaît. Une minute plus tard, il revient. Il n'y a pas une once d'amabilité ou de chaleur dans son ton.

. . .

— Suivez-moi.

Je m'exécute et l'accompagne dans le long couloir sombre, puis contourne le bar jusqu'à l'arrière. C'est un petit bureau, sans fenêtre et avec une seule porte.

— Bonjour, je suis Savannah, dis-je en me présentant et en lui remettant mon CV.

— Merci, Dmitri.

Le Russe qui m'a escortée jusqu'au bureau ferme la porte derrière moi en sortant.

— Je m'appelle Anton.

Il dépose le CV sur le bureau, peu intéressé par le papier et les informations qu'il contient.

Je presse mes lèvres l'une contre l'autre. Il n'a pas fait de geste ni ne m'a dit de m'asseoir, alors je me place en face de son bureau, les mains croisées devant moi.

Anton me jette un coup d'œil, son regard scrutant chaque centimètre de ma peau habillée.

— Tu danses ?

— Un peu, dis-je.

L'agent Kingston a insisté avant cette opération pour que je prenne un cours de pole dance et que je m'entraîne avec un instructeur. Ce n'étaient pas mes meilleures heures, mais je me suis beaucoup amélioré depuis le début. Assez pour que je sois capable de faire de la danse. C'est pas comme si je mentais en disant que j'ai des années d'expérience.

. . .

— J'ai besoin de voir ce que tu sais faire. Danse, dit Anton en me faisant un geste et en désignant le petit espace de la pièce.

Il ne cherche pas une lap dance. Il veut que je lui montre ce que je peux faire par moi-même.

Mon pouls s'accélère, et je pose mon sac à main sur la chaise voisine. Je tourne le dos à Anton et me déhanche, le laissant fixer mes fesses pendant que je libère le bouton supérieur de mon chemisier rouge.

Je me retourne pour lui faire face, ma chemise lui laissant entrevoir mon soutien-gorge push-up, mais je n'ai pas encore tout montré. Je porterai beaucoup moins de vêtements sur scène, mais il ne m'a pas demandé de me déshabiller. Cependant, on attendra probablement de moi que je le fasse pendant l'entretien, alors autant lui offrir un spectacle.

L'homme n'est pas si mal. Ok, si je dois être franche, Anton est sexy. Ses yeux marron foncé se promènent sur mon corps. Ses cheveux sont épais et sombres. J'ose dire que j'ai envie de passer mes doigts dedans. Mais je m'abstiens.

Il porte un costume boutonné, ne donnant aucune indication de ce qu'il y a sous sa tenue. J'aimerais le déshabiller, déchirer sa chemise blanche en coton et l'attraper par sa cravate, le tirer vers moi et le mettre à genoux.

Mais je doute qu'il me laisse le dominer.

C'est le genre d'homme qui respire le pouvoir et se délecte d'avoir le contrôle. Le simple fait d'imaginer ce que ce serait d'être au lit avec lui me brûle les joues et m'aide à entrer dans mon rôle de danseuse pour son club.

J'utilise le petit espace et le possède comme si j'étais à ma place, car il ne faut pas que ça tombe en ruine si je veux gravir les échelons du bureau.

Le bureau en bois se trouve entre nous, et je l'utilise comme un accessoire lorsque je danse. Je ne prends pas la peine de demander la permission avant de grimper dessus, mes talons compensés me permettant de taper contre le bois. Heureusement, la pièce a de hauts plafonds.

Anton me fixe et se penche en arrière dans son fauteuil en cuir avec un sourire suffisant. Je suis sûre qu'il peut regarder sous ma jupe et voir le string que je porte. Je m'attendais à ce qu'il me demande de danser dans le cadre de l'entretien, et je voulais être prête.

Je dois obtenir ce travail. S'il ne me le donne pas, je ne peux pas aller me plaindre au FBI que j'ai raté l'aspect le plus fondamental du travail sous couverture, à savoir se mêler aux méchants.

Je me déhanche, et mes mains se déplacent sur mon corps, défaisant le reste des boutons de mon chemisier. Je tourne le dos à Anton et fait glisser lentement la chemise sur mes épaules. Mes meilleurs mouvements sont taquins et séduisants. Il n'y a pas de barre dans ce bureau. Je dois utiliser ce que je sais faire.

Je passe mes doigts dans mes longues tresses blondes et laisse ma main se promener sur mon soutien-gorge tandis que je laisse tomber la chemise rouge sur le sol. Je ne porterai pas de chemise lorsque je danserai pour le club. Je ne porterai rien de plus qu'un string et un haut de bikini.

Ma jupe noire s'enroule autour de ma taille, et je danse et détache l'attache qui maintient le tissu ensemble avant de le laisser glisser sur le sol.

Anton se déplace sur son siège et se mord la lèvre inférieure. Le bout de ses oreilles est rouge vif. Est-ce qu'il est toujours excité par le spectacle ? Ou est-ce moi ?

La porte du bureau s'ouvre sans même qu'on ait frappé. Dois-je continuer ? Comme si on jouait de la musique, je continue à me balancer et à danser.

Anton s'éclaircit la gorge et me fait signe de descendre.

— J'en ai vu assez.

— Je discuterai avec toi quand tu auras fini, dit l'homme qui a fait irruption dans le bureau.

Je le reconnais grâce à l'historique que j'ai été obligé de mémoriser. C'est Nikita Krylova, l'un des hommes de Mikhail et le directeur du club.

Il se retire du petit bureau et ferme la porte pendant que je descends et récupère mes vêtements sur le sol. Je suis toujours dans ma culotte et mon soutien-gorge écarlates assortis.

— Le salaire est merdique. Mes autres filles ont la priorité sur la plateforme principale. Tu devras gagner ta place sur la scène, dit Anton. Le club prend cinquante pour cent. Tu dois porter les vêtements que nous fournissons et ne pas harceler les clients ou faire des remarques aux employés. Tu ne dois pas non plus accepter de clients privés en dehors des heures de travail. Tu es toujours intéressée ?

— Quand est-ce que je commence ?

DEUX

ANTON

J'ai passé toute la matinée dans mon bureau à faire des entretiens, et une seule fille s'est présentée, une blonde sexy aux yeux bleus les plus brillants que j'ai jamais vus, Savannah Parker.

Je l'aurais embauchée sur le champ en me basant sur son apparence et sur ses seins et son cul.

Mais je me suis dit que je pourrais aussi bien la faire danser, et je suis content de l'avoir fait. C'était un sacré spectacle, et c'était entièrement pour moi.

Jusqu'à ce que mon patron, Nikita, décide de faire irruption sans frapper. Il ne pouvait pas faire semblant d'en avoir quelque chose à foutre ? La dernière chose que je veux c'est que la nouvelle fille pense que je suis en dessous de Nikita, même s'il est mon supérieur.

L'homme dirige le club.

Il ne le possède pas. Mikhail, le chef de la bratva, possède l'entreprise. Mais il est trop occupé par d'autres affaires pour diriger toutes les entreprises dans lesquelles il s'est impliqué, ce qui me convient parfaitement. Je reçois une partie des recettes du club, tandis que Mikhail blanchit de l'argent. C'est un gagnant-gagnant pour tout le monde.

Je desserre ma cravate et me lève. Savannah a déjà trouvé son chemin hors du bureau. Elle a l'ordre de revenir quand nous ouvrirons ce soir. Jusque-là, elle n'a pas besoin de rester dans les parages. Je n'ai pas besoin qu'elle découvre ce que nous faisons ici.

J'ouvre la porte du bureau et je monte les escaliers jusqu'au bureau privé de Nikita. Il a un grand bureau avec une vue exceptionnelle qui surplombe la piste de danse avec une vitre sans tain. Même après le remodelage, il a gardé le même plan d'étage et la même disposition. Son bureau est trois fois plus grand que le mien. Bien que, pour sa défense, je passe un peu plus de temps sur la piste avec les dames et les clients.

Quelqu'un doit s'assurer que l'endroit fonctionne bien, et bien que Nikita soit le manager, je me mêle aux invités, j'aide lorsque l'étage est bondé de commandes de boissons, et je fais en sorte que tout fonctionne bien.

Je devrais diriger le club, mais je n'ai pas de rancune envers Nikita. Nous sommes des frères.

Contrairement à lui, qui fait irruption dans mon bureau, je frappe avant d'entrer.

— C'est ouvert, dit-il.

J'entre dans la pièce et ferme la porte derrière moi.

Il lève les yeux de derrière son bureau, son stylo à la main, mais il arrête d'écrire.

. . .

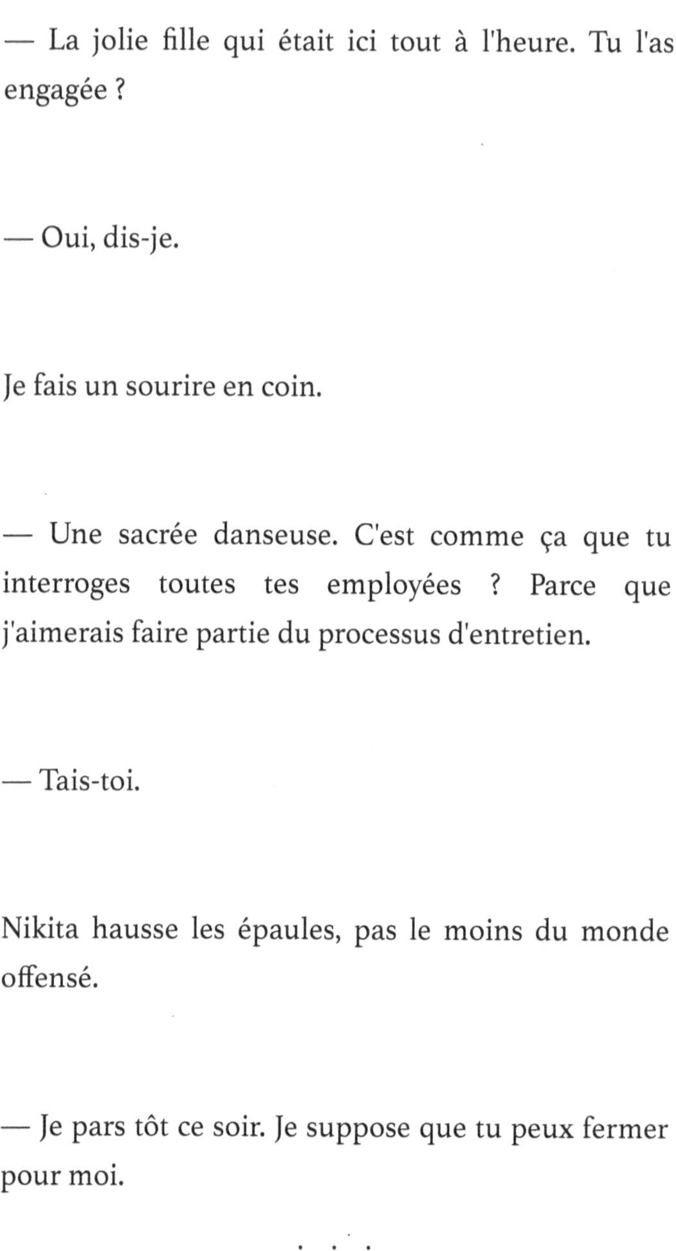

— La jolie fille qui était ici tout à l'heure. Tu l'as engagée ?

— Oui, dis-je.

Je fais un sourire en coin.

— Une sacrée danseuse. C'est comme ça que tu interroges toutes tes employées ? Parce que j'aimerais faire partie du processus d'entretien.

— Tais-toi.

Nikita hausse les épaules, pas le moins du monde offensé.

— Je pars tôt ce soir. Je suppose que tu peux fermer pour moi.

. . .

Il ne demande pas.

— Je m'en occupe.

Je ne devrais pas demander, mais je ne peux pas m'empêcher de vouloir savoir si c'est à cause de sa nouvelle flamme.

— Tu as des projets avec Lucy ?

Il est marié, et même s'il ne me semble pas être un père de famille, le mariage était initialement destiné à protéger Lucy et son fils. Mais je pense qu'il a toujours nourri des sentiments pour elle, même quand il la détestait. D'ailleurs, l'homme peut à peine garder ses griffes loin d'elle.

— Non, elle va faire du shopping avec Hannah.

— Mieux vaut la tenir en laisse, plaisanté-je.

. . .

— Je ne suis pas inquiet. Hannah cherche une robe de mariée, dit Nikita en me montrant sa bague de mariage. On dirait que je m'en suis tiré à bon compte.

— Attention, mon frère. L'épouser au palais de justice pourrait te revenir en pleine figure. Si elle t'entend parler comme ça, elle te demandera de te remarier dans un endroit exotique et cher.

Bien que Nikita et moi ne soyons pas frères de sang, nous sommes tous deux membres de la bratva. Nous pourrions tout aussi bien être de sang parce que nos liens sont tout aussi forts.

— Ne va pas mettre des idées dans sa tête, prévient-il.

— Je n'en rêverais pas.

. . .

Nikita remue quelques pages sur son bureau. Il lève les yeux vers moi une fois de plus.

— As-tu fait une vérification des antécédents de la nouvelle recrue ?

— Non.

Je grimace en réalisant que j'étais censé vérifier ses qualifications avant de lui offrir le poste.

— C'est un problème ? Il nous manque deux danseuses.

Il ne nous en manque pas davantage parce que Nikita les a payées pendant les rénovations pour s'assurer qu'à la réouverture du club, elles seraient prêtes à travailler.

Nikita jette un coup d'œil à sa montre comme si cela allait indiquer combien de temps la vérification des antécédents va prendre.

Des jours.

Nous n'avons pas autant de temps.

Je n'ai plus que quelques heures et plus d'entretiens pour l'après-midi. De plus, même si j'avais une demi-douzaine de filles alignées pour le job, je ne pourrais pas non plus vérifier leurs antécédents.

— Assure-toi juste que ses références sont bonnes. A-t-elle fait du strip-tease dans un autre club ? demande Nikita.

— Je devrais probablement regarder son CV, dis-je, admettant que je n'ai même pas jeté un coup d'œil rapide pendant l'entretien. J'étais trop accroché à la jolie blonde.

Je me racle la gorge. D'habitude, je ne suis pas aussi peu professionnel quand je recrute des danseuses. En général, j'ai plus de temps entre l'entretien et leur embauche.

. . .

— Tu penses ? demande Nikita agressivement. Commence le processus sur la vérification des antécédents, mais on va la laisser commencer à travailler ce soir.

Je ne devrais pas être excité quand Savannah entre dans le club. Elle est ici pour travailler, mais mon rythme cardiaque s'accélère.

Ses yeux se verrouillent avec les miens, et elle offre un sourire timide. Je ne suis pas dupe. Elle a dansé sur mon bureau. Cette fille n'est pas du tout timide.

Traversant le hall, je la salue pour son premier jour.

— Tu es prête ? demandé-je alors qu'elle me suit jusqu'au vestiaire des dames.

— Je l'espère, dit-elle avec un rire nerveux.

. . .

Sa voix tremble, et j'ai l'impression qu'elle n'a pas l'habitude de danser devant des hommes, mais j'en déduis qu'elle aimera l'attention. La plupart des filles aiment ça, et celles qui n'aiment pas abandonnent.

Sur une étagère en métal se trouvent des dizaines de tenues que les filles peuvent porter.

— Tu peux emprunter tout ce qui est sur ce présentoir. Si tu veux apporter tes propres vêtements, tu dois obtenir l'autorisation de la direction pour chaque nouvelle tenue. Les cheveux, le maquillage et les ongles doivent être faits avant que tu ne t'habilles. Sur le mur du fond, il y a des talons que tu peux emprunter. Encore une fois, tout ce que tu veux apporter doit être autorisé par Nikita ou moi-même.

— Pas de bottes, dit une autre fille en s'asseyant devant un miroir et en appliquant son eyeliner liquide. Et tu choisis ta garde-robe en dernier.

— Bailey, tu fais un accueil chaleureux, lui murmuré-je.

. . .

— J'ai de l'ancienneté, dit Bailey.

— Et tu apportes quatre-vingt-dix pour cent de tes vêtements. Je ne sais pas pourquoi tu te sens obligée de harceler la petite nouvelle.

— Je ne suis pas petite, plaisante Savannah. Je peux m'occuper de moi-même.

Je suis surpris par l'audace de la nouvelle fille.

— Très bien.

Je ferme la porte, laissant les filles seules avant le début du spectacle.

Je dois garder mes distances.

Savannah est hors-limites. C'est une danseuse, et je suis la direction. Cette chose entre nous, l'étincelle, doit être éteinte.

Je m'éclaircis la gorge, m'éloigne du vestiaire des filles, et heurte Nikita.

— Tu es pressé, grogne-t-il en me regardant.

Ses yeux se crispent, et il attrape mon bras, me traînant dans l'une des salles de stockage arrière où nous stockons notre alcool.

— Quoi ?

Je ne sais pas pourquoi il a trouvé nécessaire de me traîner loin de l'étage. Je n'ai encore rien fait de mal.

— J'ai déjà vu ce regard, dit Nikita. J'ai eu le même pendant des semaines en traitant avec Lucy.

Je me racle la gorge.

. . .

— C'était avant ou après que tu l'aies épousée ?

Honnêtement, je ne sais pas de quel regard il parle, mais j'essaie d'orienter la conversation loin de la nouvelle recrue.

— Avant, quand elle me mettait en colère, tout ce que je voulais, c'était la pencher en avant et faire ce que je voulais avec elle.

Je choisis mes mots avec soin.

— Oui, j'ai vu la façon dont tu la regardes.

Il faudrait être aveugle pour ne pas voir les regards enflammés qu'ils échangeaient, même quand ils juraient se détester.

— Crois-moi quand je dis que tu regardes la nouvelle fille de la même façon.

. . .

— C'est juste une danseuse. J'interroge toutes mes danseuses de la même manière. Elle n'a rien de spécial.

Je dois presque étouffer les mots parce que même moi, je ne les crois pas.

Savannah ne devrait pas être spéciale ; c'est juste une autre fille que nous avons engagée pour divertir les invités.

Mais il y a quelque chose en elle que je n'arrive pas à oublier, peut-être le fait que j'aimerais avoir une ou deux danses privées et une séance seule avec elle dans une suite.

— Ce soir, sors prendre un verre. Débarrasse-toi de ce qui t'arrive, car tu dois te concentrer sur ton travail. Et puis reviens demain et sois toi-même, grincheux et stupide.

. . .

— Je dois couvrir le club ce soir. Tu te proposes pour prendre ma place ?

— Non, mais tu dois trouver un cul et oublier la nouvelle fille.

Je souffle. Pendant quel temps libre ? Il donne l'impression que c'est facile, et trouver des filles n'est pas difficile pour moi, mais je n'ai pas besoin que mes aventures d'un soir se retrouvent là où je travaille. Je préfère garder ma vie privée séparée de mon travail.

— Je vais m'occuper de ça, patron.

Je me dirige vers mon bureau et me verse un verre de vodka.

Que sait Nikita ?

Savannah est juste une autre fille, une danseuse. Elle n'est rien pour moi. Bien sûr, elle est magnifique avec ses longs cheveux blonds et ses yeux bleu vif, mais je regarde la personnalité avant le physique.

Je bois un autre verre de vodka, essayant de me convaincre que je ne ressens rien pour elle.

Nikita m'a cerné.

Je sors de mon bureau en soufflant et je me dirige vers le rez-de-chaussée. Quelques clients sont assis, sirotant leurs boissons, et regardant Bailey sur scène.

Savannah n'est pas encore sortie de la loge, mais elle a encore dix minutes avant d'être en retard.

Je me promène dans l'étage principal, en gardant un œil sur les invités. Depuis l'altercation avec les Italiens il y a quelques mois, nous avons renforcé les mesures de sécurité. Otello et plusieurs de ses amis sont entrés, armés jusqu'aux dents.

Des coups de feu éclatent tout autour. Des hommes en costume couvrent l'entrée et la sortie. Ils ne s'embarrassent pas avec des masques. Ils veulent qu'on sache qui ils sont, et un message sera délivré.

— Où est Nikita ? demande Otello dans son épais accent italien.

. . .

L'homme empeste la vodka comme s'il se baignait dedans ou la portait comme une eau de Cologne.

Il me met un pistolet sous le menton alors que deux hommes font exploser l'endroit avec des balles.

— En haut, dis-je.

Je ne bronche pas et ne me cache pas. Je veux prévenir Nikita et sa nouvelle femme que les ennuis arrivent, mais je n'ai pas le temps.

— Tu devrais courir à la maison et prévenir la famille que notre combat n'est pas terminé, dit Otello.

Il baisse son arme mais ne me tire pas dessus. Il pourrait. Ils pourraient tuer les danseurs ou les clients, mais ils les ont laissés s'enfuir par la sortie latérale comme s'ils voulaient qu'ils fassent la navette par cette porte pendant qu'ils montent la garde, faisant sauter les murs et les tables, le bar et la scène avec des balles. Des éclats volent dans toutes les directions, me coupant le bras.

Je tiens compte de l'avertissement d'Otello. Je sors tant que je peux encore, en respirant, et mon cœur bat. Les Italiens ne sont pas connus pour leur gentillesse ou pour laisser vivre les hommes, surtout leurs ennemis.

Le parking est envahi par les cris et la peur. Une fureur de panique, les gens sautent dans leurs véhicules et klaxonnent, essayant de se couper la route. Tout le monde veut s'enfuir aussi vite que possible.

Je prends mes clés dans ma poche. Mon téléphone est dans mon bureau. Je ne vais pas retourner le chercher. Je saute dans mon véhicule, démarre le moteur et sors du parking. Je me dirige directement vers le complexe. Je dois voir Mikhail, le Pakhan, et lui dire ce qui se passe au club. Ils vont vouloir envoyer des renforts et des secours, en supposant qu'il ne soit pas trop tard.

Le bâtiment sent encore la peinture fraîche. Les planchers de bois ont été refaits et l'intérieur a été redessiné et remodelé. Mais l'odeur de la poudre à canon me picote les narines et un frisson me parcourt l'échine, alors qu'il n'y a pas de danger imminent ce soir.

Les gardes supplémentaires à toutes les entrées et sorties assurent la sécurité du bâtiment. Nous avons un nouveau système de surveillance qui enregistre tout sur place et envoie une copie sur le cloud pour stockage. Derrière le bar, il y a une alarme silencieuse qui prévient le complexe et les hommes de Mikhail si quelque chose se passe.

La prochaine fois, nous serons préparés. Mais j'espère qu'il n'y aura pas de prochaine fois, que la guerre entre les Italiens et les Russes est terminée pour de bon.

Savannah sort du dressing avec une paire d'escarpins argentés à lacets. Ils brillent et sont assortis à la petite tenue sexy qu'elle porte.

C'est une de nos tenues ? Je ne me souviens pas qu'une fille l'ait déjà porté, du moins pas aussi bien que Savannah. Cette fille est une putain de déesse.

Ses cheveux sont attachés en arrière, et elle ne me jette pas un regard tandis qu'elle se fraye un chemin jusqu'au sol et monte sur la plus petite plateforme. Bailey ou l'une des autres filles a dû lui dire où elle était placée sur la scène.

Nous ne sommes pas seulement un club de strip-tease. Si nous l'étions, ce serait contre la loi. Il y a une règle selon laquelle toute entreprise pour adultes ne doit pas consacrer plus de 40% de sa surface aux divertissements pour adultes. Nous contournons les règles. Graisser les bons hommes les aide à fermer les yeux. Mikhail avait envisagé de faire des changements pendant les rénovations, mais il a été décidé de garder la même disposition. Les clients aiment se sentir chez eux, et nous avons une clientèle fidèle qui choisit notre établissement plutôt que d'autres.

Ses chaussures à semelles compensées claquent sur le parquet, et même avec la musique qui bat la chamade, je jure que je peux entendre et sentir le battement de ses chaussures sur le sol. Elle monte sur la petite scène et commence sa danse.

Je veux regarder, hypnotisé par tout ce qui la concerne. Je la fixe un peu trop longtemps, et elle me jette un coup d'œil, offrant un sourire timide. C'est une vicieuse. Il n'y a aucune chance qu'elle soit timide ou novice en danse. Cette femme possède la scène par la façon dont ses hanches se balancent et elle s'accroche à la barre. Elle surpasse les filles habituelles, qui sont habituées à l'assaut constant de l'attention des clients.

Ils vont la détester. Elle ne joue pas franc jeu et ne partage pas l'attention. Bien que ce ne soit pas sa faute si elle est nouvelle, les hommes aiment la viande fraîche. Nos clients sont généralement des habitués, et même s'ils fréquentaient d'autres établissements avant notre réouverture, un seul regard sur Savannah et je jure qu'ils sont aussi accros que moi.

Je me dirige dans la direction opposée, vers mon bureau. J'ai besoin d'une douche froide et d'une boisson forte - une distraction.

J'attends la fin de la nuit dans mon bureau. Je devrais être sur le terrain, à accueillir les clients et m'assurer que tout le monde est heureux. Mais je n'ai entendu aucune plainte, et je suis sûr que quelqu'un qui travaille à l'étage me trouvera si c'est nécessaire. Quelqu'un frappe à la porte.

— Entrez, dis-je.

Si c'était Nikita, il aurait fait irruption sans y réfléchir à deux fois.

Savannah se tient à la porte. Elle n'est plus dans sa tenue à paillettes argentées, ce qui me permet de la regarder plus facilement sans que ma mâchoire ne heurte le sol.

— Que puis-je faire pour toi ? demandé-je, en posant mon stylo sur le bureau.

— Je suis nouvelle dans la région, dit-elle. J'espérais que vous pourriez me recommander un endroit où je pourrais manger un morceau en fin de journée ?

— A cette heure-ci ? demandé-je en regardant ma montre et en me levant. Est-ce que d'autres filles t'accompagnent ?

Je n'aime pas l'idée qu'elle se promène dans les rues de New York après deux heures du matin.

— J'en doute, dit-elle en baissant les yeux sur ses pieds.

. . .

Debout, j'attrape ma veste de costume sur le dossier de ma chaise et la glisse sur mes épaules.

— Je vais t'accompagner.

— Vous n'avez pas à faire ça...

— Je n'ai pas à le faire, mais je le fais, dis-je. Tu peux me tutoyer maintenant.

J'éteins les lumières du bureau et je verrouille la porte. Ma main tombe sur le bas de son dos alors que je l'accompagne dans le couloir et vers la sortie arrière.

Le club est fermé pour la nuit. Les filles se dirigent vers leurs voitures. Dmitri est le dernier à partir, avec l'ordre de verrouiller l'endroit après que j'ai pris la route.

. . .

— Tu as conduit jusqu'ici ? demandé-je alors que nous nous dirigeons vers le parking.

Je ne note que le véhicule de Dmitri et le mien. Les autres places sont vides.

— Je n'ai pas de voiture, dit Savannah.

— Comment te déplaces-tu en ville ?

— En métro, comme tout le monde.

Elle montre la direction de la station.

— C'est loin. Tu ne vas pas marcher jusqu'au métro.

Elle a de la chance que le train fonctionne toute la nuit, l'avantage d'être new-yorkaise. La ville ne dort pas. J'appuie sur le bouton pour déverrouiller les portes de mon SUV.

— Monte.

Elle soupire et cède, elle monte sur le siège passager avant.

— Merci. Tu peux me déposer à la station.

— Je pensais que tu avais faim.

— J'ai faim, balbutie-t-elle en tirant la ceinture de sécurité sur ses genoux. Mais je ne veux pas te contraindre.

— Je mangerais bien un morceau, dis-je. Personne ne se souciera que je rentre tôt le matin. J'ai l'habitude de travailler tard le soir.

. . .

Je sors du parking. Le trafic est léger et il n'y a presque personne sur la route à cette heure-ci, ce qui facilite la navigation à travers la ville jusqu'à l'un des meilleurs cafés ouverts 24 heures sur 24 et 7 jours sur 7.

— Depuis combien de temps gères-tu le club ? demande Savannah.

— Depuis pratiquement toujours.

Je ne rentre pas dans les détails avec elle. Ce ne sont pas ses affaires. Techniquement, Nikita est la direction. Je suis en dessous de lui mais je m'occupe des danseurs et de toutes les nouvelles embauches.

— Et toi ? Que faisais-tu avant de danser ? demandé-je.

Je grimace, réalisant que je n'ai pas, en fait, lu son CV. Mais qu'est-ce qu'un bout de papier pourrait me dire que je ne peux pas obtenir de la personne interrogée ?

— Je suis allée à l'université, en comptabilité, dit Savannah.

Elle fixe la route devant elle avant de jeter un bref coup d'œil dans ma direction.

— Tu as fini ?

Je ne peux pas imaginer qu'elle soit diplômée qu'elle ait décidé de postuler en tant que danseuse, à moins qu'elle soit endettée et qu'elle cherche strictement à gagner beaucoup d'argent rapidement.

— Première année, j'ai échoué pour avoir trop fait la fête.

. . .

Savannah glousse et baisse les yeux. Sa main gauche joue avec ses cheveux, enroulant une mèche autour de son doigt. Est-ce une habitude nerveuse qu'elle a prise ?

— Je parie que tes parents n'étaient pas très contents.

— Ils n'étaient pas contents et m'ont coupé les vivres. Ils m'ont dit de trouver un travail et de subvenir à mes besoins. C'est ce que j'ai fait.

Elle esquisse un sourire gêné et jette un coup d'œil dans ma direction.

Je comprends qu'il y a d'autres choses qu'elle ne dit pas, mais je n'insiste pas. Ce ne sont pas mes affaires, tant qu'elle n'a pas d'ennuis.

— Depuis combien de temps as-tu quitté l'université ? demandé-je en me raclant la gorge.

. . .

La fille a plus de vingt et un ans. J'avais fait une copie de son permis de conduire avec ses papiers d'embauche, mais je n'arrive pas à me souvenir de sa date de naissance. J'ai survolé les informations.

— Pas mal d'années, dit Savannah. J'ai essayé plusieurs choses mais je n'ai pas trouvé ma voie. Je suppose que tu peux dire que je suis un peu un esprit libre. C'est ce qui m'a conduit à la danse.

— Un esprit libre qui voulait obtenir un diplôme en comptabilité ?

Elle glousse et jette un coup d'œil à ses genoux. Je me gare sur le parking du café et coupe le moteur.

— Je n'ai jamais dit que le diplôme de comptabilité était mon idée. Mais j'ai un don pour les chiffres.

— Laisse-moi deviner. Tu es un peu rebelle, et ce sont tes parents qui voulaient que tu ailles à l'université pour faire de la comptabilité ?

— Mon père, dit Savannah en fronçant le nez. Assez parlé de lui.

Elle ouvre la porte du véhicule, et je fais de même, en descendant.

L'air du matin est frais, propre et froid. La lune est presque pleine, et même si les lumières de la ville masquent le ciel étoilé, l'obscurité est accueillante.

J'ouvre la porte du café, je l'escorte à l'intérieur et à une table au fond. En me dirigeant vers la banquette, je prends deux menus. Le café nous appartient, mais je n'ai pas l'intention de parler à Savannah de nos relations d'affaires.

— On n'a pas besoin d'attendre l'hôtesse ? demande Savannah en jetant un coup d'œil derrière elle.

Finalement, elle me suit jusqu'à la table et s'assoit en face de moi.

. . .

— Pas à cette heure-ci, dis-je en lui tendant un menu.

Je suis dos au mur, et mon regard se porte sur l'entrée principale. Je n'aime pas tourner le dos à une porte. Je dois toujours être vigilant et conscient de ce qui m'entoure.

Elle s'affale sur la banquette, prend son menu et y jette un coup d'œil rapide.

— Qu'est-ce que tu me recommandes ? demande-t-elle.

Contrairement au club, où elle ne portait pratiquement rien, son jean bleu et son sweat-shirt ample la rendent adorable.

Sa rudesse la rend un million de fois plus charmante que le personnage de fille riche et sophistiquée que j'ai vu les danseuses représenter. Bien que je doute qu'aucune fille n'ait été riche avant de danser, elles aiment agir comme si elles menaient un style de vie somptueux. Peut-être que c'est le cas de certaines d'entre elles. Je ne les surveille pas chez elles.

— Des suggestions ? demande-t-elle encore.

— Tout est délicieux.

Je ne peux pas rien dire de mauvais de cet endroit. Même s'il ne nous appartenait pas, la nourriture est fantastique.

— Ça aide à réduire les possibilités.

Un sourire se dessine sur le visage de la blonde, il est authentique, et ses épaules se baissent légèrement, comme si elle pouvait enfin se détendre.

— As-tu apprécié ta première nuit ? demandé-je.

. . .

Je pose le menu. Je n'ai pas besoin de le regarder. Je l'ai mémorisé dans son intégralité. Mais c'était une distraction agréable et bienvenue quand j'avais besoin de faire une pause dans la conversation. Pour une raison quelconque, je ne me sens pas du tout mal à l'aise avec Savannah.

Peut-être qu'un mélange de passion et d'alchimie tourbillonne dans l'air, rendant impossible d'arrêter de la fixer.

Elle enroule à nouveau ses cheveux autour de son doigt, et cette fois-ci, sa lèvre inférieure se coince entre ses dents tandis qu'elle fixe le menu, l'examinant.

— Peux-tu commander pour moi ? J'ai besoin d'utiliser les toilettes.

— Tu as des allergies ? demandé-je.

Je ne sais pas ce qu'elle aime, mais je sais ce que je veux, et ce n'est pas seulement la nourriture que je recherche.

Je m'éclaircis la gorge, j'ai besoin de me débarrasser des pensées de Savannah qui danse.

— Non, dit-elle.

Elle attrape sa pochette et la porte jusqu'à la salle de bain, errant un moment, dangereusement perdue, avant de trouver le bon chemin vers les toilettes pour femmes.

Tirant mon téléphone de la poche de ma veste, je jette un coup d'œil à l'écran. Rien d'urgent. La plupart des hommes de Mikhail sont endormis à cette heure-ci, moins une poignée de gardes qui veillent à la sécurité du complexe.

La serveuse vient pendant que Savannah est aux toilettes, et je commande pour nous deux. Je suis tenté de demander à la serveuse de nous apporter une bouteille de vin. L'alcool n'est pas servi ici, mais nous avons toujours une demi-douzaine de bouteilles à l'arrière pour quand nous amenons des invités pour affaires.

Non pas que ce soit du business.

C'est Savannah.

C'est une danseuse. Elle a un corps de rêve, et après avoir vu sa performance dans mon bureau, il est difficile de ne pas imaginer ses jambes enroulées autour d'une barre.

J'ai fait tout ce qui était en mon pouvoir pour ne pas la regarder danser ce soir, m'enfermant pratiquement dans mon bureau.

Peut-être que je devrais la virer. Au moins, si elle ne travaille pas au club, elle n'est pas une distraction. Je me pince l'arête du nez. Je ne peux pas la virer parce qu'elle est sexy. C'est une danseuse, bordel de merde ! Elle est censée être magnifique.

Savannah se pavane vers la banquette, sa pochette à ses côtés. Ses ongles sont peints en rouge foncé. Je suis sûr que la couleur est Sinful Seduction ou un autre type de nom qui décrit Savannah autant que la couleur rouge succulente.

Elle se glisse sur la banquette en face de moi. La serveuse nous apporte à tous les deux un verre d'eau. J'aurais préféré quelque chose de plus fort, mais j'essaie de garder le contrôle et de ne pas laisser ma queue prendre les décisions.

. . .

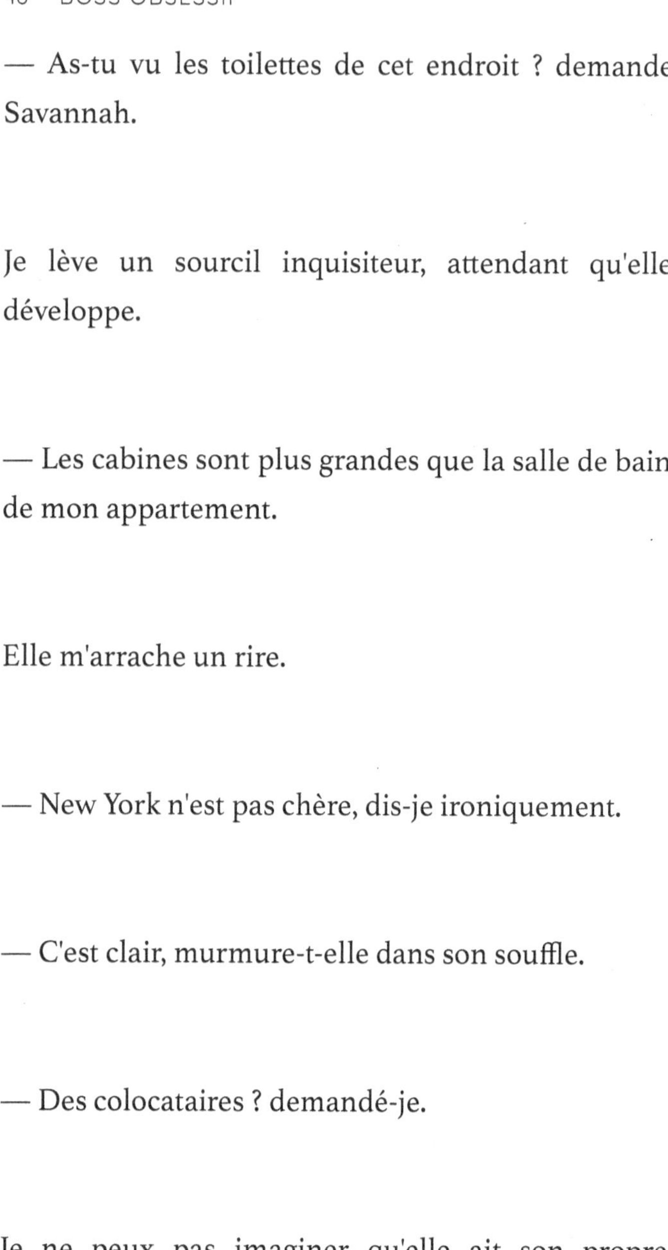

— As-tu vu les toilettes de cet endroit ? demande Savannah.

Je lève un sourcil inquisiteur, attendant qu'elle développe.

— Les cabines sont plus grandes que la salle de bain de mon appartement.

Elle m'arrache un rire.

— New York n'est pas chère, dis-je ironiquement.

— C'est clair, murmure-t-elle dans son souffle.

— Des colocataires ? demandé-je.

Je ne peux pas imaginer qu'elle ait son propre appartement, même si j'espère que c'est le cas parce que s'il y a une chance que je la ramène un jour chez moi, je ne voudrais pas rencontrer quelqu'un d'autre qui vit avec elle.

— Juste moi, dit Savannah en secouant la tête. Je vivais au-dessus d'un bar, ce qui rendait le sommeil difficile jusqu'à plus de deux heures du matin.

— Et c'est pour ça que tu as choisi de danser ?

Je doute que ce soit la raison. Elle n'a pas l'air d'une fille qui se couche tôt, mais je peux me tromper.

— Non, me dit-elle en souriant, sa main remontant jusqu'à ses cheveux pour faire tourner la mèche rebelle. Je n'ai pas l'argent pour aller dans une école de barman, et j'ai essayé le service mais je suis maladroite, et les pourboires sont terribles quand on fait tomber de la nourriture et des boissons sur les genoux de tout le monde.

. . .

Je couvre ma bouche avec ma main pour empêcher le rire dans mon ventre de s'échapper.

— Désolé, dis-je avec un grand sourire sur les lèvres. Je suis content que Nikita ne m'ait pas convaincu de t'engager comme serveuse.

— Nikita ?

— C'est le manager du Club Sage. Tu l'as rencontré pendant ton entretien, dis-je en lui rappelant notre petite interruption.

— D'accord, acquiesce-t-elle en faisant une pause pour se souvenir de lui. Je ne l'ai pas vu ce soir au club.

— Il avait des projets, mais en général, il travaille le soir. Je travaille toujours jusqu'à la fermeture.

. . .

Maintenant que Nikita est un père de famille, il a moins envie de travailler jusqu'à deux heures du matin. Je ne le blâme pas. Lucy est tout à fait adorable. Sans surprise, il voudrait se glisser dans le lit avec elle avant le lever du soleil.

— C'est bon à savoir, dit Savannah en esquissant un sourire. Ecoute, j'espère que je ne me suis pas montrée un peu trop effrontée pendant l'entretien, en dansant sur ton bureau et tout ça.

Elle rit et couvre son visage avec sa main. Elle est embarrassée par la situation.

— Tu as été formidable. Ça m'a fait t'embaucher sur le champ, dis-je.

Rien que de penser à ses mouvements, à son corps et à la façon dont elle m'a dévisagé, mon pouls bat la chamade et me remue de l'intérieur.

J'attrape mon verre d'eau, la bouche sèche. Cette fille m'excite, même quand elle n'essaie pas de m'exciter.

Elle est fixée sur mon regard.

— Ok, bien. Normalement, je ne danse pas sur les bureaux pendant les entretiens.

Je m'étouffe avec mon eau et tousse, cherchant ma serviette.

— J'espère que non, surtout si tu passes un entretien en tant que serveuse. Tu as l'intention de trouver un deuxième emploi ?

Je déteste l'idée qu'elle puisse avoir besoin de travailler ailleurs qu'au club.

Savannah sourit et mine sa bouche cousue. Elle secoue la tête.

— J'ai gagné plus ce soir que je n'avais gagné depuis longtemps. Tant que les filles ne me tuent pas pour avoir volé certains de leurs habitués, je pense que je suis bien.

— Je peux parler avec Bailey et les autres filles, dis-je.

Si quelqu'un lui donnait du fil à retordre, ce serait Bailey. Elle a une grande gueule, mais je doute qu'elle déclenche une vraie bagarre.

— S'il te plaît, ne fais pas ça. Je ne veux aliéner aucune des filles. Je veux qu'elles voient que je ne suis pas une menace, et que le patron me réserve un traitement spécial ne va pas m'aider.

Elle a raison. J'expire un souffle et j'acquiesce.

— Très bien.

. . .

La serveuse apporte des petits pains frais et plusieurs plats.

— Tout sent merveilleusement bon, dit-elle.

— Le goût est encore meilleur.

Après un dîner très tardif, si on peut appeler ça comme ça, je m'occupe de l'addition et raccompagne Savannah à mon véhicule.

— Quelle est ton adresse ?

— Tu peux me déposer à la station.

— Non, je te ramène chez toi.

Je ne la laisserai pas marcher seule à quatre heures du matin, errant dans les rues. C'est dangereux, surtout pour une jolie fille.

— Tu n'as pas à...

— Adresse.

Je suis ferme et sec, j'attends sa réponse.

Elle me donne l'adresse de son appartement, et je tape sur l'écran de mon téléphone, entrant les informations dans le GPS. Je connais plutôt bien la ville, mais il vaut mieux être sûr de ne pas rater le bâtiment.

— Merci.

Elle se glisse à côté de moi, attache sa ceinture de sécurité et regarde par la fenêtre. Je m'attendais à ce qu'elle soit fatiguée, mais elle est aussi éveillée que moi.

Le trajet est calme. Je commence à me demander si nous sommes à court de conversation, puis elle interrompt le silence.

— Tu es le premier patron que j'ai jamais eu qui était gentil avec moi, dit Savannah.

Sa voix est à peine au-dessus d'un murmure, mais elle veut que je l'entende.

Je lui jette un regard en me garant près de son appartement.

— Maintenant, ne va pas dire aux autres filles que je suis un mec sympa. Ça va ruiner ma réputation, plaisanté-je.

Elle sourit et détache sa ceinture de sécurité pendant que je gare le véhicule.

— Tu veux entrer pour un dernier verre ?

. . .

Je doute qu'elle demande à boire, mais cette ligne, une fois franchie, je ne peux pas m'en aller et faire comme si rien ne s'était passé.

C'est une mauvaise idée. Le pire absolu, coucher avec une des danseuses. Mais elle m'a seulement invité pour un verre. Elle ne m'a pas demandé de venir dans sa chambre ou de me déshabiller.

Je coupe le moteur et je sors. Je devrais au moins m'assurer qu'elle puisse entrer dans son appartement sans problème. Il est tard. Quelques hommes errent dans les rues, mais je n'en ai vu aucun devant sa porte. Même ainsi, n'importe qui pourrait être dans les couloirs attendant d'attaquer une jolie jeune fille comme Savannah.

Je dois l'accompagner jusqu'à sa porte.

Je ne réponds pas à sa question, mais je la suis à l'intérieur du bâtiment, en montant les escaliers jusqu'au cinquième étage. C'est une bonne chose que je sois en forme, sinon je serais essoufflé. Savannah est légère sur ses pieds, mais je peux entendre sa respiration la rattraper sur la dernière volée de marches.

Je lui emboîte le pas et l'accompagne sur le tapis. Il est en peluche et semble considérablement neuf.

— Pas mal, dis-je en lisant l'étiquette de la bouteille. Du rhum au fruit de la passion. Très girly.

Elle monopolise la bouteille, la tenant d'une main contre sa poitrine.

— Tu préfères de l'eau ?

— Non, verse-moi un shot.

Je n'essaie pas de me plaindre, juste d'énoncer les faits.

Elle sourit et me tend la bouteille. Je nous verse un verre à tous les deux et pose la bouteille de rhum sur la table. Je ne prends pas la peine de revisser le couvercle. Elle ne m'a pas invité à entrer pour un seul verre, n'est-ce pas ?

TROIS

SAVANNAH

Je suis dans l'appartement depuis à peine une semaine, pour préparer l'opération d'infiltration. Avec un peu de chance, l'endroit a l'air habité, et Anton ne se doute de rien. Le propriétaire nous a fourni un appartement neuf avec une nouvelle peinture et une nouvelle moquette. L'odeur chatouille encore mon nez quand je passe la porte d'entrée.

Mais Anton n'en a pas parlé ; peut-être n'est-il pas aussi sensible aux odeurs chimiques.

Je prends le verre à shot et le soulève.

. . .

— Aux nouvelles opportunités, dis-je.

Anton lève son verre et fait tinter le mien avec un signe de tête avant que nous n'avalions tous les deux le verre.

Contrairement à l'époque où Madisyn était sous couverture avec la bratva, il n'y a pas de caméras ou de surveillance vidéo dans mon appartement. Pas de micros, pour autant que je sache. L'endroit est immaculé, et j'ai insisté pour qu'il en soit ainsi.

Mon patron ferme les yeux sur le fait que j'ai l'intention de coucher avec Anton pour gagner sa confiance, et en faisant cela, je ne veux pas que ce soit enregistré pour que quiconque au bureau puisse en être témoin.

Je frôle intentionnellement la main gauche d'Anton en attrapant la bouteille de rhum et en versant une autre tournée.

. . .

— Pas de femme ou de petite amie à la maison ? demandé-je, en jetant un coup d'œil à sa main nue.

Il me fait un sourire narquois.

— J'ai toujours fait passer mon travail en premier. Ça n'a pas l'air de plaire à beaucoup de gens.

Il boit son verre, et je lui en verse un autre avant de prendre le mien.

Je me déplace autour de la table, pas le moins du monde gênée par sa remarque, et il prend le troisième shot de rhum comme un pro.

— Je ne suis pas comme la plupart des filles, dis-je en le fixant du regard.

Anton se racle la gorge et passe une main dans ses cheveux. Ses yeux se crispent, et je peux sentir son hésitation. Pour un méchant, il ne semble pas être un homme si terrible. Il ne s'est pas imposé à moi. Bon sang, il n'a même pas essayé de m'embrasser. Je pensais qu'en l'invitant chez moi, il aurait mordu à l'hameçon et fait le premier pas.

Je l'attrape par sa cravate et le serre de plus en plus fort contre moi. De ma voix la plus sensuelle, je murmure :

— Je n'arrête pas de penser à notre première rencontre et à ma danse sur ton bureau.

C'était il y a quelques heures seulement, mais je voulais qu'il sache qu'il avait éveillé un désir profond en moi. Je monte sur ses genoux, à califourchon sur lui.

Anton laisse échapper un soupir et avant qu'il ne puisse objecter, je plante mes lèvres fermement sur les siennes. Mes doigts s'emmêlent dans ses épais cheveux noirs. Il a un goût de rhum et d'épices. Son odeur masculine chatouille mon nez et remue mes entrailles.

Avec Anton, je n'ai pas besoin de faire semblant d'être attirée par lui. C'est réel, même si ma vie et qui je dis que je suis sont un mensonge.

Il prend le geste comme une motivation, et ses baisers sont à la fois forts et énergiques, implacables. Il mord ma lèvre inférieure, la tirant entre ses dents, et je jure qu'il me grogne dessus.

C'est prédateur.

Sexuel.

Et je suis sur le point de me décomposer à cause des sons qu'il fait. Putain, je suis censée être celle qui contrôle.

Mais d'une certaine manière, il prend les devants et me soulève dans ses bras. Mes jambes s'enroulent autour de sa taille. Nos bouches semblent pratiquement fusionnées, incapables de se séparer assez longtemps pour respirer.

J'ai besoin qu'il me fasse confiance, qu'il tombe amoureux de moi et qu'il me laisse entrer dans son cercle intime, et le sexe est le moyen le plus facile de gagner sa confiance.

Il titube vers la chambre. Vu que l'appartement est petit, et qu'il me coince entre la porte de la chambre, le dos collé contre le bois, ce n'est pas difficile à trouver.

— Ouvre-la.

Son mot est un ordre. Mes mains s'agrippent à la poignée de la porte avant de s'accrocher à nouveau à lui, entraînant sa chemise vers le haut et au-dessus de sa tête. Sauf qu'il est coincé.

— Boutons, murmure-t-il.

Si j'essayais de le désorienter, je fais un sacré bon travail puisqu'il grogne dans son souffle.

Je glisse le long de son corps, mes pieds atterrissant fermement sur le sol. Je suis dos au matelas, mais je le sens contre mes jambes, et je pourrais m'allonger. Mais je ne le fais pas, pas encore.

Au lieu de ça, je tends la main pour aider Anton avec les boutons quand il arrache la chemise de sa poitrine et la jette à travers la pièce.

— Déshabille-toi et va sur le lit, me grogne-t-il.

Je prends une grande inspiration et croise mes bras sur mes hanches, soulevant mon sweat-shirt au-dessus de ma tête. Je ne porte même pas de soutien-gorge en dessous.

— Le pantalon aussi, ordonne-t-il.

Je déboutonne et dézippe mon jean, le faisant lentement glisser le long de mes hanches. Je laisse ma culotte et me recale sur le matelas, rampant jusqu'aux oreillers alors qu'il me traque comme si j'étais sa proie.

Il n'est pas le moins du monde doux ou lent quand il dévore mes lèvres. Anton est brutal, mais c'est parfait. Il se met à cheval sur ma taille et me plaque les bras contre le matelas.

— J'ai envie de te goûter depuis que tu es entrée dans mon bureau, râle-t-il.

Mon cœur s'accélère à son aveu.

J'avais vu le désir derrière son regard noir, tout comme maintenant, son attention étant entièrement tournée vers moi.

Il me chuchote à l'oreille :

— Retourne-toi.

Je ne peux m'empêcher de me demander ce qu'il a en tête.

Comme je n'obéis pas assez vite à son ordre, il relâche sa prise sur mes bras, et j'inspire brusquement, craignant qu'il ne s'éloigne.

Mais il ne s'éloigne pas. Au lieu de cela, ses mains taquinent mes hanches, me retournent, et il guide mes fesses en l'air.

— Je te veux à quatre pattes, murmure-t-il en me tapotant les fesses, sa main s'attardant sur la culotte en dentelle que je porte juste pour lui.

Je l'entends jeter ses vêtements sur le sol. Je lui jette un coup d'œil par-dessus mon épaule, je veux le voir nu. Ce n'est pas seulement une mission. Peut-être que c'est tout ce qu'il devrait être - il est bratva, et je suis un agent fédéral. Mais je n'ai pas fait l'amour depuis trop de mois, et Anton est plus qu'un homme avec un pouls. Bien que, si je dois être honnête, ça aide.

Il est sexy, ce qui me donne encore plus envie de faire ça avec lui.

— Est-ce que tu vas me baiser ? demandé-je.

. . .

Je suis déjà essoufflée et impatiente. Mes entrailles palpitent et pulsent.

— Tu aimerais ça, chaton, n'est-ce pas ? dit-il en souriant.

J'aimerais bien, mais il prend tout son temps. Il se penche pour ramasser son costume et plier son pantalon. Est-ce qu'il essaie de me tuer ? Peut-être qu'il sait que je suis un agent fédéral, ce n'est qu'un jeu pour lui.

Je me déplace pour me retourner et m'asseoir sur mon cul puisqu'il n'est pas retourné sur le lit, quand je sens sa main frapper mes fesses.

— Oh ! crié-je, les yeux écarquillés d'horreur. C'était pour quoi ça ?

Est-ce qu'il vient sérieusement de me donner une fessée ? Une femme adulte.

Il me remet dans la position qu'il veut, à quatre pattes. Son corps touche le mien par derrière. Je jette un coup d'œil par-dessus mon épaule pour voir sa grosse bite, et j'halète à sa vue. Ma bouche est sèche, et j'ai envie de me lécher les lèvres. J'ai déjà mal à l'intérieur, et ce sera bien pire qu'un petit pincement.

Elle est grosse.

Énorme.

Et je veux que sa bite soit enfouie profondément en moi, mais je suis aussi terrifiée. C'est un homme avec lequel il ne faut pas plaisanter, un membre de la bratva, qui est prêt à tuer pour ses frères, et quand il découvrira que je l'ai trahi, je serai sa prochaine cible.

Il ne doit jamais le découvrir.

Eh bien, peut-être que jamais est un peu exagéré. Je dois prendre toutes les preuves que je trouve et les donner à mes supérieurs. Mais bon sang, mon regard est fixé sur la bite d'Anton, et elle tressaille lorsqu'il déchire le paquet d'aluminium avec ses dents.

Je ferme les yeux et me délecte de la chaleur de son contact et de l'excitation qui me picote dans tout le corps.

Ses doigts sont chauds et invitants lorsqu'il sépare mes plis et introduit sa bite en moi.

J'halète et agrippe les draps de lit avec mes poings, en baissant la tête. La douleur est presque insupportable, mais c'est bon. Rivetant et inflexible, il attrape mes hanches et pénètre dans mon étroitesse. Il m'étire pour m'adapter à sa taille. Mon cerveau est brumeux, mon esprit s'en va tandis que mon corps prend le dessus et que je le laisse faire son chemin en moi.

Anton grogne, sans essayer le moins du monde d'être discret ou silencieux. J'aime les sons qui sortent de sa gorge, de sa bouche, et les halètements qu'il émet alors que je me serre sur sa queue à chaque mouvement.

— Femme, tu vas me tuer, murmure-t-il.

J'esquisse un sourire malicieux.

. . .

— Bien, dis-je en jetant un coup d'œil par-dessus mon épaule.

Ses yeux sont lourds et sombres. Il se bat pour s'accrocher et faire durer ce moment. Il n'est pas le seul. Je dois gagner sa confiance et son assurance. Je ne peux pas en faire un coup d'un soir où je ne suis rien de plus qu'une erreur qu'il a commise.

— Ça vient ? demande-t-il d'une voix suave.

Mes entrailles palpitent, mais je n'ai jamais particulièrement eu d'orgasme en faisant l'amour. Je gémis involontairement, et je jure que c'est comme si Anton lisait dans mes pensées.

Une main passe de ma hanche à ma table de nuit, et je suis mortifiée de ne pas m'en être rendu compte plus tôt. J'ai laissé mon vibromasseur sorti. Je ne l'ai pas fait exprès.

Il actionne le bouton sur le côté et me tend le vibrateur.

— Tu jouis quand je te le dis, ordonne Anton.

Je hoche la tête, obéissant avec empressement quand il me tend le jouet. Son ronronnement me fait hausser la voix, car je sais ce qui va arriver et je suis déjà proche de l'orgasme. Je n'en suis juste pas encore tout à fait là avec lui.

Je presse la tête du vibromasseur contre mon clitoris tandis qu'Anton me martèle. Ma bouche s'ouvre, et je halète, les gémissements s'échappant de mes lèvres alors que je lutte pour rester à quatre pattes.

— Pas encore, ma belle, râle-t-il.

Je gémis en signe de protestation.

— S'il te plaît.

Je ne manque pas de le supplier. Mes entrailles palpitent, et le bruit du vibromasseur serré contre mon bourgeon gonflé apporte une chaleur qui se répand dans tout mon corps, une chaleur intense dont on ne peut se défaire.

Mes entrailles se resserrent et palpitent.

— Viens pour moi, ma belle, chuchote-t-il.

Je jure que c'est plutôt un grognement, un ordre auquel j'obéis avec empressement.

L'orgasme me traverse et mes orteils se recroquevillent. Je me crispe sur sa bite, et ma main se resserre sur le manche du vibromasseur violet.

Anton est à mes côtés, il grogne, sa respiration s'approfondit et s'intensifie lorsqu'il me lâche. Un instant plus tard, il se retire, enlève le préservatif et se dirige vers la salle de bain.

J'éteins le vibromasseur et le laisse sur la table de chevet. Ça ne sert à rien de le cacher. Je m'effondre sur le matelas, mon cœur bat contre ma poitrine et j'essaie de reprendre mon souffle.

Anton sort de la salle de bain et jette un coup d'œil à ses vêtements comme s'il se demandait s'il devait partir.

Je suis épuisée et rassasiée, mais je me mets à quatre pattes. Il s'avance vers le lit, ses doigts passent dans mes cheveux, tirant mon menton vers le sien. Par inadvertance, je ronronne. Je ne sais pas d'où vient ce son. Je jure que je ne l'ai jamais fait avant.

— Tu es à moi, chaton, grogne-t-il.

Il capture ma bouche avec un autre baiser brûlant avant de me guider sur le dos.

— Reste pour la nuit, murmuré-je entre les baisers.

— C'est presque le matin.

Le soleil ne s'est pas encore levé, mais il le sera bientôt.

. . .

— Tu restes pour le petit-déjeuner ? demandé-je en baillant et en me glissant sous les couvertures, en tapotant le lit à côté de moi.

Son regard se resserre.

— Pour un petit moment.

Je ne sais pas à quoi il pense, mais il se glisse sous les couvertures et me tire contre lui. Il est chaud et fort. Son odeur masculine chatouille mon nez alors que je lui tourne le dos. Ses bras m'entourent, et pour un homme qui insiste sur le fait qu'il ne reste que peu de temps, j'ai l'impression que ce n'est pas ce qu'il veut, avec son corps en cocon autour du mien.

Après plusieurs heures de sommeil béat, mon bras se tend vers le matelas froid à côté de moi.

Mince.

Je soupire lourdement et force mes yeux à regarder l'horloge numérique. C'est pratiquement l'après-midi.

Il est temps de sortir mon cul du lit et de commencer la journée. Je grommelle dans mon souffle et me redresse dans le lit quand je sens la légère odeur de café.

— Anton ?

Je sors du lit et attrape un t-shirt de ma commode et une culotte, l'enfilant avant de sortir de la chambre.

— Le café est prêt, dit Anton comme s'il vivait ici et possédait l'endroit. Tu veux que je te serve une tasse ?

Je me pince l'arête du nez.

. . .

— Euh, oui, ce serait super.

J'ai un peu mal à la tête, bien que je ne sache pas trop pourquoi. Probablement parce que je ne suis pas habituée à veiller à des heures aussi tardives. Je vais devoir m'y habituer, en travaillant au club.

Les tasses à café sur le mur lui permettent de les trouver facilement et d'en prendre une pour moi. Il a déjà une tasse fumante pour lui sur le comptoir de la cuisine.

Je trébuche dans la pièce et ouvre le réfrigérateur pour prendre une brique de lait d'avoine. J'en ajoute un peu après qu'il ait rempli ma tasse de café.

— Merci, dis-je.

— Tu as bien dormi ?

Je soulève la tasse et respire l'arôme avant de prendre une gorgée. C'est chaud, mais le crémant aide à refroidir le café suffisamment pour que je ne me brûle pas la langue ou le palais.

— Pas mal. Et toi ?

Je suis soulagée qu'il soit encore là, et même si ce serait bien qu'il parte pour que je puisse aller rapporter au FBI que ma mission se déroule bien, j'apprécie qu'il ne se soit pas enfui.

— J'ai eu quelques heures de sommeil.

Il porte le mug à ses lèvres et en prend une gorgée. Il est déjà habillé, et je soupçonne qu'il serait parti si je ne m'étais pas levée.

— Tu es habillé, dis-je en jetant un coup d'œil derrière moi vers la salle de bains. Je pensais qu'on pourrait peut-être se doucher ensemble ce matin.

. . .

— J'adorerais ça, chaton, mais je dois rencontrer mon patron dans une heure.

— Une douche rapide ?

— Rien n'est rapide avec toi, grogne-t-il en se rapprochant.

Il pose sa tasse sur le comptoir et enroule ses bras autour de ma taille, me serrant contre lui. Il mordille ma lèvre inférieure, une main passe dans mes cheveux, et l'autre reste plantée sur ma hanche.

Le téléphone portable d'Anton vibre dans sa poche.

— Désolé, s'excuse-t-il en relâchant son étreinte.

Il se rend dans le salon pour prendre l'appel. Il n'y a pas beaucoup d'intimité, mais il m'empêche d'entendre ce qui se dit à l'autre bout du fil.

— Hey, Nikita, quoi de neuf ?

. . .

Je sirote mon café, faisant semblant de ne pas être intéressée, écoutant un côté de la conversation.

— Vous n'avez personne d'autre qui peut le faire ?

Anton émet un lourd soupir.

Le plan d'étage laisse la cuisine ouverte sur le salon, donc même s'il essaie d'avoir un peu d'intimité, son comportement indique qu'il est stressé.

— Envoie moi l'adresse.

Anton passe une main dans ses cheveux et émet un gros soupir en terminant l'appel.

— Je dois y aller, dit-il, en revenant à grands pas dans la cuisine.

. . .

— Est-ce que tout va bien ?

— Juste des trucs de boulot, dit-il, sans indiquer ce qui se passe.

Il remet son téléphone portable dans la poche intérieure de son costume.

— On doit garder ça secret si tu veux que ça continue.

— Je le veux, dis-je avec un hochement de tête ferme et un sourire enthousiaste. C'est probablement pour le mieux. Je ne veux pas que les autres filles soient jalouses ou qu'elles pensent que c'est pour ça que j'ai décroché le poste.

Anton se penche et presse ses lèvres contre les miennes avant de sortir.

— Je te vois ce soir au club.

. . .

Je n'ai pas eu le temps de placer un traceur sur son véhicule et un mouchard à l'intérieur. Et je ne peux pas le faire pendant que nous sommes au club. Il y a trop de surveillance à l'extérieur et des témoins potentiels qui travaillent pour la bratva. Je vais devoir réessayer ce soir après le travail. Avec un peu de chance, je peux voler une autre nuit avec lui et placer les dispositifs sans être vue.

QUATRE

ANTON

Je n'arrive pas à croire que Nikita veuille que j'aille chercher son fils, Zion, à l'école. Techniquement, c'est le fils de Lucy, mais ils sont mariés, et il traite le gamin comme s'il était sa chair et son sang. Je ne dis pas que c'est mal, mais impliquer votre employé en lui demandant d'aller chercher son enfant à l'école primaire n'est pas du tout ordinaire.

Bien que, quand est-ce que tout ce que nous faisons est typique ?

Je déteste quitter Savannah sans au moins discuter de ce qui s'est passé la nuit dernière. Elle m'a pris au dépourvu, et je jure que je n'avais pas prévu de la baiser.

Mais je suis content de l'avoir fait.

Nikita aurait fait une crise s'il l'avait découvert, et je ne veux même pas voir la réaction de Mikhail. Je serais probablement réprimandé, et Savannah serait virée.

Je ne peux pas laisser cela lui arriver. Elle ne mérite pas de perdre son travail parce que je ne peux pas arrêter de penser à elle nue. Et maintenant, après l'avoir vue nue, une partie de moi ne veut pas la laisser retourner sur scène pour que les autres hommes la reluquent pendant qu'elle danse.

Mais c'est son travail, et je n'ai jamais été particulièrement jaloux. Bien sûr, je n'avais pas non plus couché avec une danseuse ou une employée jusqu'à hier soir. Enfin, techniquement, ce matin.

Je me dirige vers le véhicule et monte dans le SUV. Le véhicule n'est pas à moi. Il appartient à la bratva, ainsi qu'à une douzaine d'autres voitures prêtées entre nous.

Je sors mon téléphone, j'ouvre le dernier SMS de Nikita et je clique sur l'adresse, ce qui ouvre le GPS de mon téléphone. Je connais bien la ville, mais je ne fais pas particulièrement attention à l'école que fréquente le gamin ni à son emplacement. Ce n'étaient pas mes affaires jusqu'à maintenant.

Je n'arrive pas à croire qu'il me demande de faire des commissions pour lui, mais pour sa défense, sa femme, Lucy, a trébuché dans les escaliers à la maison et doit faire examiner son pied droit à l'hôpital. Elle est maladroite.

Nikita ne lèverait jamais la main sur elle ; tant qu'elle est dans le complexe, elle est en sécurité. Mon téléphone se serait allumé si quelque chose était arrivé, comme un cambriolage. Sans aucun doute, l'un de mes associés m'aurait contacté pour me prévenir de l'attaque.

Je passe devant l'école primaire et gare le véhicule en double file, je sors et me tiens près du SUV. Je jure que tous les enfants se ressemblent de loin, avec leurs sacs à dos en bandoulière. Cela n'aide pas qu'ils portent tous le même uniforme scolaire.

Depuis quand Nikita paye-t-il une école privée ?

Ce ne sont pas mes affaires, mais aller chercher Zion à l'école non plus, et je suis là, à faire des commissions pour le patron. Je jette un coup d'œil à ma montre, et le gamin vient vers moi en sautillant.

— Salut, Oncle Anton.

Techniquement, je ne suis pas l'oncle du gamin, mais c'est comme ça qu'on lui a appris à s'adresser à nous en public.

— Tu es prêt à partir ?

Son professeur se précipite après lui, une petite femme âgée aux cheveux grisonnants. Du moins, je suppose que c'est son professeur. Peut-être que c'est la principale ?

— M. Petrova, m'appelle-t-elle en s'approchant.

— Oui.

. . .

— J'ai besoin que vous signiez la sortie d'Anton avant de le ramener chez lui. Pouvez-vous me montrer une pièce d'identité ?

Ma mâchoire se serre, mais ce n'est pas comme si ma pièce d'identité était un secret.

— Bien sûr, dis-je, en sortant mon portefeuille de ma poche arrière et en l'ouvrant, révélant mon permis de conduire.

Je ne prends pas la peine de le sortir du plastique. La femme peut lire à travers un morceau de plastique transparent, non ?

— Merci. Si vous le pouvez, signez ceci, dit-elle, en plaçant le bloc-notes sur ma poitrine.

Je griffonne mon nom sur la feuille de papier avant qu'elle ne s'empresse d'accoster le parent ou le tuteur suivant. J'ouvre la porte arrière et je fais signe à Zion de monter. Comme il ne bouge pas, je lève un sourcil inquisiteur.

— Monte.

— Il n'y a pas de siège auto, dit-il. Maman dit que je ne peux pas aller dans la voiture sans.

— Eh bien, petit, ta mère n'est pas là.

La lèvre inférieure de Zion fait la moue. Est-il sur le point de pleurer ? Parce que je ne peux pas gérer un enfant de sept ans qui pleure. Certains jours, je peux à peine m'occuper de moi-même.

— Et si on allait manger une glace en rentrant à la maison ? dis-je, en essayant de trouver une raison pour empêcher le gamin de brailler.

. . .

S'il fait une crise, je ne sais pas comment je vais gérer ça. Prendre l'enfant et le jeter sur la banquette arrière, bien que tentant, attirerait trop l'attention. Le gamin ne va pas se taire.

Zion exhale un lourd soupir et cède, en montant sur la banquette arrière.

— Ok, dit-il en laissant tomber son sac de livres sur le sol à côté de ses pieds.

Je jure qu'il a l'attitude de sa mère, même si je n'ai pas beaucoup travaillé avec Lucy. Elle a dansé une nuit au club, et Nikita a été clair, ça n'arrivera plus jamais. Dommage, elle était mignonne. Elle était loin d'être aussi sexy que Savannah, mais elle avait quelques mouvements sexy. Elle est barmaid quelques nuits par semaine quand nous avons besoin d'une couverture supplémentaire.

Après que Zion se soit installé sur le siège du milieu et ait bouclé sa ceinture, je claque la porte et me précipite du côté du conducteur.

. . .

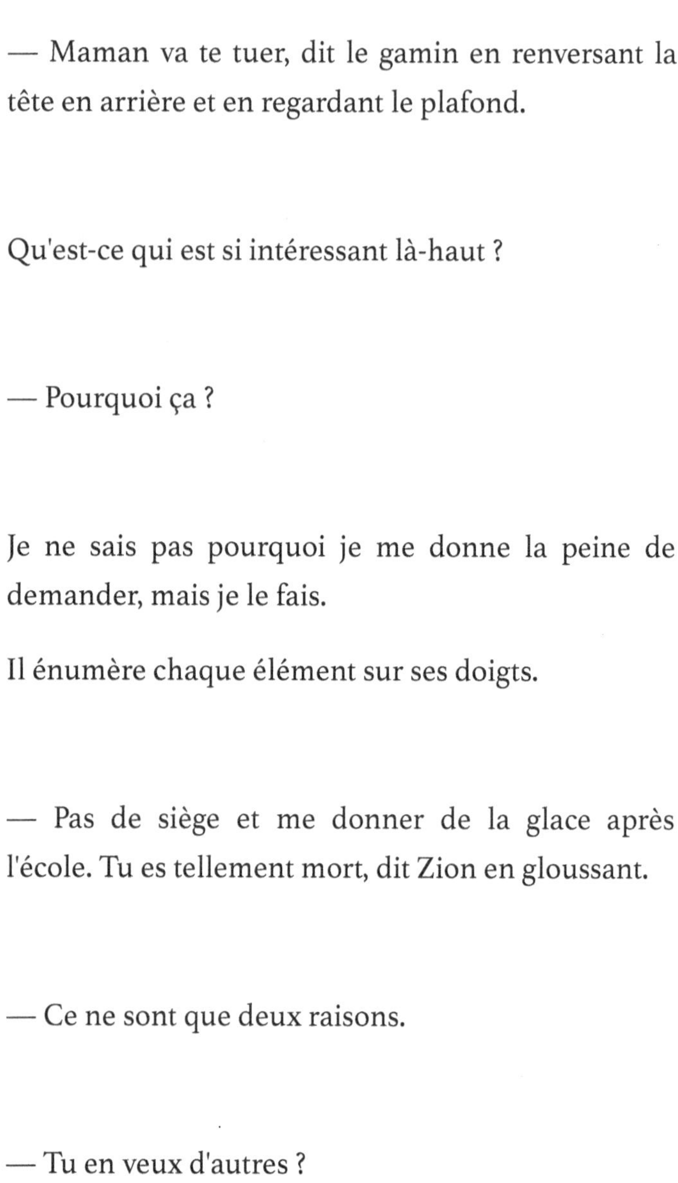

— Maman va te tuer, dit le gamin en renversant la tête en arrière et en regardant le plafond.

Qu'est-ce qui est si intéressant là-haut ?

— Pourquoi ça ?

Je ne sais pas pourquoi je me donne la peine de demander, mais je le fais.

Il énumère chaque élément sur ses doigts.

— Pas de siège et me donner de la glace après l'école. Tu es tellement mort, dit Zion en gloussant.

— Ce ne sont que deux raisons.

— Tu en veux d'autres ?

. . .

Bon sang, le gamin est hargneux.

— On peut sauter la glace et rentrer directement à la maison. Je parie que tu as des devoirs.

Je le regarde dans le rétroviseur. Je jure que le gamin a sept ans et va sur ses dix-sept ans. Je ne sais pas comment Nikita et Lucy le gèrent. La prochaine fois, Nikita devrait demander à Madisyn, Hannah, ou quelqu'un d'autre avec un enfant de faire le ramassage scolaire. Bien que leurs enfants soient trop jeunes pour l'école primaire, au moins ils savent comment gérer.

Les yeux de Zion s'écarquillent et il jette un long regard par la fenêtre. Cela semble le faire taire.

Je suis à bout de nerfs.

J'aurais dû dormir davantage la nuit dernière avec Savannah. Non pas que je regrette d'être rentré chez elle et d'y avoir passé la nuit. La regarder dormir a été le point fort de la matinée depuis que je me suis réveillé.

. . .

— Glace ? demande Zion.

Cette fois, le gamin est un peu plus calme. Comme s'il se rendait compte qu'il a mis ma patience à l'épreuve et que je suis sur le point d'exploser. Ça doit lui arriver souvent.

— Ouais.

Je ne suis pas sûr que le gamin le mérite, mais je lui ai fait une promesse quand je l'ai convaincu de monter sur le siège arrière. Je ne suis pas homme à manquer à ma parole, aussi petite ou insignifiante qu'elle puisse paraître.

Il n'y a pas de parking directement devant le magasin de crème glacée. Nous nous garons plusieurs rues plus loin. Le gamin attrape ma main juste avant que nous traversions la rue au feu rouge. La ville est animée par la foule de l'heure de pointe, et bien que je ne sois pas habitué à tenir une si petite main, je suis aussi bon que mort si je perds l'enfant.

Alors que nous franchissons le dernier bloc vers le marchand de glace, je jure avoir aperçu ses longs cheveux blonds.

Savannah ? Je cligne rapidement des yeux. Je doute que ce soit elle. A moins qu'elle ne me suive, elle ne semble pas me remarquer alors qu'elle se précipite dans un café voisin.

— Je dois d'abord faire un arrêt, dis-je.

— Mais la crème glacée ! pleurniche le petit de sept ans.

— On va y aller, petit. Donne-moi juste une minute.

Je traîne pratiquement Zion pour qu'il se dépêche avec moi à travers la rue et nous nous dirigeons vers l'intérieur du café. Je ne suis pas discret, mais je n'essaie pas de l'être. Je peux me commander un café.

Zion grogne mais se laisse faire quand je le fais entrer dans le petit café. La foule des travailleurs occupe principalement quelques tables et chaises, tapant sur leurs ordinateurs portables et sirotant leur café hors de prix.

Il lâche ma main, ne trouvant plus nécessaire de s'accrocher à moi, et je lui en suis éternellement reconnaissant. Je n'ai pas l'habitude d'être entourée d'enfants. Étant enfant unique, ce n'est pas comme si j'avais eu un petit frère ou une petite sœur que je devais garder.

— Je veux une glace, pleurniche Zion.

— Ce sera notre prochain arrêt, dis-je.

Il n'y a aucun signe de Savannah, ce qui est étrange vu qu'elle a pénétré dans le café. Du moins, une femme blonde avec sa taille et sa carrure y est entrée. J'aurais juré que c'était elle.

Mais il n'y a aucun signe d'elle ou de quelqu'un d'autre correspondant à sa description. Peut-être que la blonde travaillait ici et s'est glissée à l'arrière pour se préparer ? Je me dirige vers le comptoir et commande un petit café, noir. Je ne veux rien d'extraordinaire.

Zion est à mes côtés, étudiant les muffins et les scones exposés.

— Je peux en avoir un ? demande-t-il en désignant la friandise.

— Ça dépend. Tu préfères ça ou de la glace ?

— De la glace, dit-il de sa voix douce, innocente et aiguë.

Il a un sourire sur le visage, comme s'il savait qu'il n'était pas censé manger l'un ou l'autre si près du dîner, mais il s'en tire en enfreignant les règles.

Ouais, je suis le briseur de règles.

Si je fais des conneries, Nikita ne me demandera plus de faire du baby-sitting. Pas mal. Je ne veux pas qu'il soit blessé. Mais peut-être que trop de sucre va le faire rebondir sur les murs quand on rentrera.

En supposant que Nikita et Lucy seront de retour au moment où nous arriverons.

Il a intérêt à l'être. Je n'ai pas signé pour faire du babysitting. Je dois retourner au club pour m'occuper des comptes avant que les invités commencent à affluer et que les danseuses doivent se préparer.

Je sors un billet de 20 et je paie la caissière quand j'entends la voix de Savannah derrière moi.

— Tu me suis ? demande-t-elle.

— Je pourrais demander la même chose de toi, dis-je en la regardant par-dessus mon épaule.

. . .

Elle serre les lèvres, et ses yeux se rétrécissent, forçant un sourire. Qu'est-ce qu'elle peut bien cacher ?

— J'étais aux toilettes, dit-elle en désignant le couloir sombre où se trouve la salle de bain à occupation unique.

Savannah jette un coup d'œil à l'enfant à côté de moi.

— Tu ne m'avais pas dit que tu étais papa.

— Ce n'est pas mon père, plaisante Zion avant que je puisse répondre. Je n'ai pas de père. Mon père vient de la banque.

Les sourcils de Savannah se froncent, confuse par son commentaire, et c'est probablement pour le mieux.

. . .

— Où as-tu entendu ça ? demandé-je en riant maladroitement.

— Maman parlait, et je l'ai entendue. Mais je ne comprends pas.

— Bien, murmuré-je dans mon souffle. Demande à ta mère, petit.

Je n'ai pas la force d'aller plus loin dans cette conversation.

— Donc, pas ton fils, dit Savannah en souriant.

Elle essaie de comprendre la relation entre Zion et moi. Eh bien, je vais la laisser y réfléchir un peu plus longtemps. Quel plaisir y a-t-il à dévoiler tous mes secrets ?

Je m'écarte du chemin et Savannah commande le café le plus chic qui soit pendant que j'attends que la serveuse finisse de préparer ma boisson. Ça prend plus de temps que prévu puisque je l'ai commandé noir. Est-ce qu'il faut qu'ils fassent pousser ces foutus grains de café ?

— Commande pour Anton, dit le barista en me tendant le café noir.

L'extérieur en papier est déjà chaud, ce qui indique que le café sera fumant lorsque je prendrai une gorgée.

— On peut aller manger une glace maintenant ? pleurniche Zion.

Le gamin perd patience, et je ne le blâme pas.

— Ouais, dis-je.

. . .

Je jette un regard en arrière à Savannah et lui offre un faible sourire.

— Je te verrai ce soir.

— Bye, dit-elle en faisant un signe de la main au petit garçon.

Je me dirige avec Zion vers la porte, et un gentleman en costume d'affaires sort et nous tient la porte. Je ne peux pas m'empêcher de le fixer. Où diable était-il assis ? J'ai jeté un coup d'œil à tout le monde dans le café mais je ne l'avais pas remarqué.

Bizarre.

Je suis soulagé quand je dépose Zion au complexe et que Hannah me propose de garder un œil sur lui. Il court vers la salle de jeux, les doigts encore collants de sa glace à la framboise dévorée. Le gamin a aussi fait des dégâts sur son uniforme scolaire et sur mon siège arrière.

Mais je n'ose pas admettre que c'était sympa de le faire parader en ville. Quelques célibataires m'ont souri, et l'expression de Savannah quand elle a cru que j'étais le père du gamin a été la cerise sur le gâteau.

Je me dirige directement vers le bureau, qui se trouve être au club, en desserrant ma cravate et en enlevant ma veste en arrivant. L'air est étouffant. Je vérifie le thermostat et secoue la tête avec consternation. Qui a bien pu l'éteindre ?

Les invités n'ont pas envie de transpirer à grosses gouttes en se faisant faire des lap dance. Je règle le thermostat et prends une bouteille d'eau dans le mini-frigo du bureau de Nikita. Ça ne lui manquera pas. Je doute qu'il soit là aujourd'hui, vu qu'il a passé l'après-midi avec Lucy à l'hôpital.

— Le thermostat est cassé ? demande Dmitri.

. . .

Son visage est rouge, et la sueur coule sur son front. Il est le sous-patron de Mikhail et aide au club selon les besoins, ce qui signifie dernièrement qu'il travaille toutes les nuits au Club Sage.

— Un trou du cul a éteint l'appareil la nuit dernière, dis-je en me dirigeant vers l'arrière, où il faut une clé pour entrer dans le sous-sol.

Tout notre blanchiment d'argent et la tenue des registres se font sous le club, à l'abri des regards. La porte est verrouillée, et personne n'est autorisé à descendre pendant les heures d'ouverture du club. La dernière chose que nous voulons est que quelqu'un soupçonne ce que nous faisons ou se faufile et jette un coup d'œil.

Dmitri jette ses bras en l'air.

— Ce n'était pas moi, mais il faisait frais la nuit dernière. Tu es sûr que ce n'est pas cassé ?

. . .

— On vient de mettre un nouveau système de climatisation pendant les rénovations. Il vaudrait mieux qu'il ne soit pas en panne, grommelé-je, avant d'attraper mon eau fraîche et d'en prendre une gorgée.

Je me dirige vers le sous-sol, et Dmitri me suit. Je déverrouille la porte, et il la ferme derrière nous. Elle se verrouille automatiquement, et nous descendons la cage d'escalier. Déjà, une douzaine d'associés manipulent les fonds d'hier, mélangeant l'argent du club avec nos fonds provenant d'autres activités illégales.

Dmitri et moi nous assurons que l'opération se déroule sans problème, et que nos associés ne nous volent pas.

L'air est beaucoup plus confortable sous terre. Ce n'est pas aussi étouffant, mais c'est plus chaud que d'habitude.

— Qui a éteint l'air conditionné ?

. . .

Le silence remplit l'espace. Personne n'admet ce qu'il a fait, et pourquoi le feraient-ils ? On ne déconne pas quand il s'agit de la bratva, même si on pense que l'erreur est minime ou insignifiante.

J'examine la pièce. Quelques hommes refusent de croiser mon regard, se recroquevillant par peur. Personne n'avoue, et je ne vais pas mettre une balle dans la tête de quelqu'un pour la température du club cette fois, mais si c'était intentionnel et qu'ils tentent de saboter la réouverture, alors ils sont morts.

Je ne vois aucun des hommes de Mikhail qui voudrait saboter le club, mais la mafia et le cartel seraient heureux de nous voir souffrir.

La mâchoire de Dmitri est serrée. Il ne dit rien et passe devant les hommes qui reprennent leurs activités en comptant l'argent. Il est tout en muscle, il travaille donc à la porte comme garde du corps supplémentaire pour assurer la sécurité du club depuis notre intrusion il y a quelques mois.

Je prends le livre de comptes sur le bureau et le remets dans mon bureau. Je ferme la porte derrière moi et me heurte à Savannah.

. . .

— Qu'est-ce que tu fais ici ?

Les mots sortent avant les excuses pour l'avoir pratiquement renversée. Cependant, je ne m'attendais pas à ce que quelqu'un d'autre soit là.

— Je te cherchais, dit-elle.

Je serre le livre de comptes et me dirige vers mon bureau. Je ne peux pas laisser Savannah devenir une distraction.

— Tu n'es pas attendu avant une heure, dis-je.

Je regarde ma montre.

Il reste moins d'une heure avant que les filles commencent à se montrer. Ma journée a été gâchée lorsque j'ai dû aller chercher Zion à l'école et faire quelques arrêts rapides en ville.

. . .

— J'espérais pouvoir te parler, dit Savannah.

Elle se tient à l'entrée de mon bureau comme si elle attendait une invitation.

Elle me tient par les couilles. Je devrais lui dire de se préparer et de me laisser tranquille, mais je ne le fais pas.

— J'ai du travail à faire, dis-je.

Elle presse ses lèvres l'une contre l'autre et fait un faible signe de tête.

— Ton neveu est mignon, dit-elle, en faisant une allusion à la relation entre Zion et moi.

Il se réfère à moi comme son oncle Anton, donc je lui accorde ça.

. . .

— Merci.

Je m'assois derrière mon bureau. Le grand livre est fermé, mais le cacher est inutile. Je le pose sur mon bureau, ma main le recouvrant, bien que la couverture marron foncé ne révèle rien d'extraordinaire.

— Je suis désolée, il est clair que tu es occupé et je t'interromps, dit Savannah, qui a finalement compris que je n'avais pas le temps de rester là à bavarder.

Je travaille de longues journées et des nuits tardives pour la bratva. Le travail se fait pratiquement 24 heures sur 24. Je n'ai pas la possibilité de m'éloigner après un service et d'éteindre cette partie de ma vie.

— Entre, ferme la porte, dis-je.

Quelque chose en elle me donne envie de ne pas la repousser.

C'est peut-être parce que je n'ai pas eu de relation depuis longtemps.

D'habitude, les filles fuient quand elles apprennent que j'aide le Club Sage et que je côtoie des strip-teaseuses tous les jours. La plupart des filles avec qui je sors n'ont pas assez confiance en elles pour supporter que je puisse voir une fille en string et ne pas vouloir la baiser.

Enfin, c'était jusqu'à ce que je rencontre Savannah.

Cette fille est comme le feu, et je veux jouer avec elle même si je sais que c'est mortel et dangereux et que je vais me brûler.

Un peu de douleur n'a jamais fait de mal à personne.

— Tu es sûr ? demande Savannah.

Mais elle entre dans mon bureau et ferme la porte. Elle s'assoit sur la chaise en face de moi. Ça me rappelle notre première rencontre d'hier, quand elle a passé un entretien avec moi. Sauf que cette fois, elle ne monte pas sur mon bureau pour me faire un show.

Dommage. C'était un après-midi très agréable. Cependant, j'ai hâte de l'apercevoir en train de danser ce soir.

— Tu es ici tôt. Une raison quelconque ? demandé-je.

Je prends un stylo sur le bureau et j'ouvre le registre. De sa position, elle ne peut pas voir les informations. D'ailleurs, il n'y a rien d'intéressant pour elle.

Je dois travailler un peu maintenant si je veux la voir danser ce soir. Je lève les yeux, attendant qu'elle réponde, le stylo à la main. Elle ne peut pas me dire qu'elle s'ennuie et qu'elle a décidé d'arriver plus tôt au travail. C'est une excuse. J'ai besoin d'entendre la vraie raison de sa présence ici ; je suis sûr que ça n'a pas grand-chose à voir avec moi. On a seulement couché ensemble une fois. On est presque rien.

— Honnêtement, j'étais curieuse à propos du gamin, mais puisque tu es son oncle, tu as répondu à ma question.

. . .

— Tu es venu au travail plus tôt pour me parler de Zion ?

Je pose le stylo. Je ne la crois pas.

— Tu es une terrible menteuse, dis-je.

Les joues de Savannah brûlent, et elle jette un coup d'œil sur ses genoux. Elle fait tourner une mèche de cheveux autour de son doigt et me regarde à nouveau avec un sourire timide.

Je ne me laisse pas prendre au piège de sa timidité.

— Laisse tomber, dis-je.

— Je voulais t'inviter à sortir avec moi, dit Savannah.

. . .

Je m'éclaircis la gorge. Ce n'est pas ce que j'attendais. Je ne suis pas sûr de ce que je pensais qu'elle voulait quand elle est venue dans mon bureau, mais un rendez-vous ?

— On doit garder ce qu'il y a entre nous secret.

— Je sais. Je voulais juste dire qu'on pourrait peut-être aller manger un morceau après le travail ?

Elle veut une répétition de la nuit dernière. Ok, je peux accepter, si ça veut dire que je finirai dans son lit.

— J'aimerais bien, dis-je.

Je suppose que ce n'est pas un coup d'un soir. Je n'étais pas sûr hier soir, après qu'on ait couché ensemble, si elle voulait que je parte et que les choses restent professionnelles entre nous.

Mais déjà, j'aime être près d'elle, et même si je ne devrais pas avoir la tête dans les nuages, c'est dangereux. La fille n'a aucune idée de ce que je fais pour vivre en dehors de mon travail au club.

Je regarde le registre sur mon bureau. Je dois revoir les chiffres et suivre la vérification des antécédents de Savannah en tant que nouvelle recrue. Ce serait bien de me rassurer qu'elle n'est pas mêlée à la mafia italienne ou au cartel colombien. Les deux sont des organisations dangereuses, et alors que nous avons établi une trêve avec les Italiens, ce n'est qu'une question de temps avant que le cartel que nous avons arrêté il y a plusieurs mois ne riposte quand un nouveau leader se lèvera.

— Autre chose ? demandé-je.

Elle secoue la tête.

— Je voulais juste m'assurer de voler une minute avec toi seule avant que les autres filles n'arrivent. Je ne veux pas qu'elles parlent.

. . .

— J'apprécie cela, dis-je, soulagé qu'elle aussi veuille garder secret ce qui se passe entre nous.

Savannah ne se lève pas de sa chaise.

— Sur quoi travailles-tu ? demande-t-elle.

Son ton ne montre pas qu'elle est intéressée, elle essaie juste d'avoir une conversation polie.

Je ne veux pas être impoli ou la rabaisser en lui faisant remarquer que ce n'est rien qu'elle puisse comprendre.

— Je revois juste les chiffres. Des trucs ennuyeux.

— Je suis allée à l'université, en comptabilité.

. . .

— Et tu as laissé tomber parce que tu faisais plus la fête que tu n'allais en cours, dis-je en me rappelant ce qu'elle m'a dit.

Elle hausse les épaules, sachant que j'ai raison.

— Oui, je ne suis probablement pas d'une grande aide, mais j'aimerais apprendre. J'aime la pratique plutôt que le par cœur. Je préfère l'expérience du monde réel.

— Je garderai cela à l'esprit.

Savannah se lève et désigne la porte derrière elle.

— Je suppose que je devrais aller commencer à me préparer.

— Bonne idée.

. . .

Elle se lève et se dirige vers la porte.

— Tu veux que je laisse ta porte ouverte ou fermée ?

— Fermée.

Dès que la porte se referme, je retourne mon attention sur les livres.

Je réussis à passer deux heures à examiner les livres et à travailler sur un grand livre séparé pour nos impôts quand on frappe fermement à la porte, et Nikita entre sans y être invité.

— Je ne m'attendais pas à te voir au bureau aujourd'hui.

Je lève brièvement les yeux avant de retourner mon attention à mon travail.

. . .

— Comment va-t-elle ?

— Lucy va bien. Elle s'est juste foulé la cheville. Le médecin lui a fait un bandage, mais elle sera bientôt sur pied.

— C'est bon à entendre, dis-je, mon stylo posé sur la page alors que je m'arrête pour écouter Nikita.

— Merci encore d'avoir ramené Zion chez lui cet après-midi. J'ai réalisé que j'ai oublié de te laisser le siège auto. J'en ai un de rechange dans le placard du bureau à l'étage si jamais tu as besoin de le prendre à nouveau.

J'espère qu'il ne fait pas de cela une habitude ou une nouvelle partie de ma responsabilité professionnelle.

. . .

— Oui, bien sûr. Tant que ça ne te dérange pas que je donne de la glace au gamin sur le chemin du retour.

— Tu n'as pas fait ça ? s'exclame Nikita.

Il ne me croit pas.

— Le petit ne t'a pas dit ?

Je suis surpris que Zion ait pu garder un secret. Je suppose que Hannah lui a fait changer son uniforme d'école quand il est rentré.

— D'habitude, Zion ne sait pas garder un secret, dit Nikita. Mais il a oublié de mentionner la crème glacée. Autre chose que je devrais savoir ?

— Je suis passé au bar et je l'ai emmené boire sa première bière.

. . .

— Maintenant je sais que tu plaisantes.

Nikita croise ses bras sur sa poitrine de manière défensive, mais il ne semble pas en colère contre moi.

— Merci d'avoir veillé sur lui et de l'avoir aidé. Je sais que tu n'aimes pas les enfants.

— Je n'ai jamais dit ça, dis-je en posant mon stylo. Je n'ai jamais été en contact avec des enfants.

— Tu proposes de faire du babysitting ? plaisante Nikita. Zion avait des choses merveilleuses à dire sur toi. Il t'a donné cinq étoiles.

— Oh, tu me notes maintenant ?

Ça ressemblerait à Nikita d'essayer de retourner la situation et de me convaincre de garder le gamin pendant qu'il sort avec Lucy. Je ne commente pas sa question, ne voulant pas dire à mon patron qu'il n'en est pas question.

— Les mots de Zion, pas les miens. Considère ma demande. On est prêts à payer.

Je secoue la tête.

— Non, merci. Je préfère être attaqué par des scorpions et des tarentules.

Nikita grimace.

— Aïe. Eh bien, mets un préservatif, comme ça tu n'auras pas un petit scorpion qui court partout.

Je grogne sous mon souffle. Il ne pouvait pas savoir pour Savannah. Cela fait seulement un jour qu'elle a été embauchée.

. . .

— Je m'en souviendrai la prochaine fois que je sortirai.

— Bien, dit Nikita avec un sourire en coin.

Il n'y a aucun moyen qu'il sache ce qui s'est passé avec Savannah la nuit dernière, ou relativement, très tôt ce matin. Il était parti depuis longtemps avant que nous ne partions ensemble. Sauf si Dmitri a dit quelque chose ; il était le dernier à partir. Il aurait pu me voir emmener Savannah.

Je vais devoir être plus prudent avec elle quand je serai au club. La dernière chose au monde que je veux c'est que les autres filles lui fassent passer un mauvais quart d'heure ou qu'elles pensent que je lui réserve un traitement spécial.

Nikita ferme la porte en sortant de mon bureau. Je jette un coup d'œil à ma montre. Je dois être sur le terrain, garder un œil sur les clients et les filles, m'assurer que l'endroit fonctionne bien. J'ouvre le tiroir du bureau et j'y glisse le grand livre, je ferme le tiroir à clé avant de sortir.

Je ferme la porte du bureau et sors du couloir vers le salon. Les tables sont pleines, et les serveuses s'affairent. Lucy ne travaille pas ce soir, ce qui n'est pas surprenant vu sa récente blessure. L'endroit est occupé et nous ne sommes qu'en milieu de semaine.

Je suis reconnaissant que l'air conditionné circule dans le club, et que le climat soit confortable pour tout le monde. Bailey est au centre de la scène, tandis que Savannah n'est nulle part en vue. Elle est probablement en train de donner une danse privée à un invité.

Il y a des caméras dans chaque cabine privée pour la protection des filles. Je me faufile jusqu'à la salle de contrôle pour voir ce qui se passe avec Savannah. Nous avons une sécurité qui surveille les moniteurs pour assurer la sécurité des filles et qu'elles ne soient pas compromises. Elles ne sont pas autorisées à rentrer chez elles avec un client ou à avoir des relations sexuelles avec quelqu'un pendant qu'elles sont au club.

Nous sommes un club de gentleman haut de gamme, pas un bordel.

Je me glisse dans la salle de contrôle et ferme la porte derrière moi. Il y a une douzaine de caméras qui surveillent le salon, et il y a des canapés, des tables, et des plateformes où les filles dansent. Je me concentre sur les cabines privées, pas sur les salles VIP. Il est plus que probable qu'elle soit dans une cabine avec un client.

J'ai la bouche sèche quand je regarde l'écran. L'homme contre lequel elle se frotte, je le reconnais.

Je prends une grande inspiration. C'est le même homme que dans le café cet après-midi. Je n'avais pas remarqué celui en costume hors de prix à une table. Ça ne peut pas être une coïncidence.

CINQ

SAVANNAH

— Tu ne devrais pas être ici, chuchoté-je contre son oreille.

L'agent spécial James Lexington est mon supérieur hiérarchique. Je suis censée rapporter tout ce qui se passe au club, et je ne lui ai pas donné beaucoup d'informations. Je l'ai rencontré plus tôt au café, quand j'ai failli me faire attraper par Anton.

Comment diable avait-il trouvé notre lieu de rencontre ?

On va devoir le changer, un endroit encore plus public où on aura moins de chance de tomber sur Anton. Non pas que je m'attendais à ce qu'il se présente avec un enfant au café ! Je jure qu'il m'a suivi, mais quand a-t-il réussi à récupérer son neveu si c'était le cas ?

Quand j'ai lu ses antécédents, il n'avait pas de frères et sœurs, ce qui rend le fait d'avoir un neveu étrange. Peut-être que c'est l'un des enfants d'un autre membre de la bratva ? Ce n'est pas une question que je peux poser sans qu'Anton découvre que je sais qui il est, et cela pourrait révéler ma véritable identité.

Je chevauche James dans la petite cabine. La pièce est surchargée de rouge : des rideaux rouges, un canapé rouge, et même un plafonnier rouge pour créer l'ambiance. Il y a une table basse devant le canapé, ce qui me permet d'avoir une plateforme dans ce petit espace si je choisis de danser pour lui.

Il y a des caméras dans chaque coin et recoin de cet endroit, mais je ne suis pas sûr de l'audio, donc je dois faire attention.

C'est ma première danse privée. N'importe qui d'autre pourrait faire partie de la bratva, me tester. Mais James est ici pour le plaisir, pas pour les affaires. Si c'était strictement professionnel, il aurait trouvé un moyen de me parler dans le salon ou m'aurait glissé un mot, pas payé pour une danse.

Je commence par la table basse. Elle est en bois et supporte facilement mon poids lorsque mes semelles claquent sur le matériau en dessous.

— Que voulez-vous que je fasse pour vous ? demandé-je, en gardant ma voix assez forte pour que les microphones, s'il y en a, ou les gardes du corps extérieurs, puissent entendre l'interaction. Nous ne sommes pas dans une suite privée. Les murs de chaque côté du canapé sont des rideaux rouges chatoyants.

Je suis payée à la minute, par intervalles de cinq minutes, donc il est encouragé de tout faire traîner. Une des filles m'a donné un rapide tutoriel pour que les hommes supplient pour ce qu'ils veulent et, s'ils ne demandent pas, pour qu'ils fassent traîner les choses plus longtemps afin de gagner plus d'argent.

. . .

— Je veux te voir nue, murmure James en me fixant.

Il desserre sa cravate, et sa mâchoire est pratiquement sur le sol.

— Je me doute que tu le veux.

Je le taquine avec un sourire en coin. Il n'y a aucune chance qu'il ait assez d'argent pour mériter de jeter un coup d'œil à mes parties roses. Mais mon travail est de le taquiner, de l'exciter, et de rendre ça crédible pour les caméras.

— Quelle est ta partie préférée de mon corps ? demandé-je.

Je laisse mes doigts traîner sur ma poitrine, pour essayer de l'attirer.

Il croasse et se racle la gorge. James essaie de rester professionnel, mais il a perdu ce round depuis longtemps. Il me tend une poignée de billets, et je secoue la tête.

— Ça va te coûter plus que ça si tu veux jeter un coup d'œil à quoi que ce soit.

Mes doigts passent dans ses cheveux alors qu'il se penche sur moi, et ses yeux sont fermés. Il est sous le charme. Il n'a pas de femme à la maison. Pas d'enfants. Il est célibataire, et j'ai toujours pensé que l'homme préférait le travail à une femme, mais honnêtement, je ne suis pas si convaincue.

Je n'ai jamais vu cette facette de lui, et une partie de moi se sent mal pour cet homme. Une autre partie est impatiente de prendre son argent. S'il est assez stupide pour entrer dans le club et me demander une danse, il va en payer le prix fort.

Je baisse la voix. S'il y a un enregistrement audio, la musique au plafond couvrira mon chuchotement.

— Que fais-tu ici ?

. . .

Le FBI ne devrait pas être ici, à enquêter ou à se faufiler pendant que je suis sous couverture. Ils pourraient faire échouer toute l'opération.

— Nouveau point de rencontre, répond James tout aussi calmement.

Il n'aurait pas pu trouver un autre moyen de me prévenir du changement de lieu ?

Sa main sort, et je la repousse sur le canapé.

— On ne touche pas, dis-je, ma voix étant suffisamment forte pour que lui et le garde du corps l'entendent.

— Désolé.

Je frotte mes hanches contre son entrejambe, et il ne porte pas son arme. J'essaie d'ignorer la bosse que je ressens et le fait que cet homme est mon collègue et l'un de mes plus proches alliés au bureau. Il faut que ça ait l'air crédible au cas où quelqu'un regarderait.

Mais en même temps, j'ai l'estomac noué. Et si Anton regarde ? Est-ce qu'il le reconnaîtra de ce matin ? Se souviendra-t-il que James lui a tenu la porte au café ?

Anton n'est pas un idiot. Il ne prendra pas ça pour une coïncidence. Cette petite mésaventure pourrait ruiner l'enquête ou me faire tuer.

— Tu ne devrais pas être ici, lui chuchoté-je à l'oreille. Il va te reconnaître.

Je descends de la table et l'enfourche.

— J'en doute. Il y a plus de huit millions de personnes à New York. Je suis juste un autre visage.

James est arrogant, et ça pourrait finir par me faire interroger ou torturer par la bratva.

. . .

— Où est-ce qu'on se retrouve ? demandé-je, voulant que cette danse soit terminée. Plus il reste dans la cabine, plus il y a de chances qu'Anton le découvre au club. Il doit partir.

— Ici, dit James avec un sourire narquois.

— Ça ne va pas marcher. Il a déjà vu ton visage. Tu as de la chance de ne pas être mort.

Envoie Barrett.

— Tu veux danser pour notre patron ? demande James.

Je jure que s'il parle plus fort, je n'aurai pas d'autre choix que de le tuer.

— Anton me surveille de près, chuchoté-je alors que mes ongles taquinent son cuir chevelu. Barrett peut me glisser un mot. Mais tu dois me donner une de tes cartes de visite. Mets-la entre les billets pliés.

Ses yeux se crispent, mais il ne répond pas. Je descends de ses genoux et tends la main, exigeant le paiement. Nous sommes payés par tranches de cinq minutes, et alors que pour la plupart des clients, je continuerais à les séduire pour qu'ils me paient encore plus, James doit partir.

Je descends de ses genoux, et il me jette deux ou trois billets de vingt supplémentaires en grommelant.

— Tu ne dois pas revenir ici, dis-je alors que James se lève et écarte l'épais rideau rouge pour sortir de la pièce.

J'attends qu'il se dirige vers le couloir avant de pousser le rideau en peluche et de me retrouver face à face avec Anton.

Je presse mes lèvres l'une contre l'autre et lui adresse un sourire timide.

. . .

— Es-tu ici pour une danse ?

Je prie pour qu'il n'ait pas entendu un mot entre James et moi.

Anton s'avance dans la cabine, sans s'excuser le moins du monde, et je trébuche vers le canapé, l'empêchant de me heurter. L'espace n'est pas énorme, et il en prend le plus possible.

— J'ai vu cet homme tout à l'heure ; qui est-il pour toi ?

Il me pousse sur le canapé et m'empêche de quitter la pièce.

Je ris, en haussant les épaules de sa question et en ignorant sa brutalité.

— Tu vas danser pour moi ?

. . .

Je tire ma lèvre inférieure entre mes dents. J'adorerais voir Anton danser, mais je n'imagine pas qu'il le fasse, et certainement pas devant une caméra.

Ses narines se dilatent alors qu'il ricane à ma suggestion, et sa main s'enroule autour de mon cou, suffisamment pour couper l'arrivée du sang, mais il n'écrase pas ma trachée. Il l'a déjà fait auparavant.

— Dis-moi, chaton, qui était cet homme ?

Mes bras s'agitent et je le frappe sur le côté de la tête pour tenter de me libérer. Il relâche sa prise, me fixant du regard.

— FBI.

Mon cœur bat la chamade contre ma poitrine tandis que je reprends mon souffle.

. . .

— Il est du FBI ?

Anton me regarde de haut en bas, convaincu que je ne mens pas.

— Que voulait-il ?

Je n'ai pas peur d'Anton. Je devrais, vu qu'il pourrait me tuer et se débarrasser de moi, et que personne ne trouverait jamais mon corps.

Je révèle la carte de visite à Anton, prouvant que James est un agent fédéral.

— Il m'a dit que vous êtes de la mafia russe, dis-je.

— On préfère le terme bratva.

Le regard d'Anton se resserre alors qu'il soutient mon regard fixe.

. . .

— Que t'a-t-il dit d'autre, chaton ?

— Que je ne devrais pas te faire confiance.

Anton glousse dans son souffle.

— Tu ne devrais pas. Je suis un homme dangereux.

— Tu ne me fais pas peur, chuchoté-je, en grimpant sur ses genoux et en le chevauchant.

— Il y a des caméras, prévient Anton.

Mais je m'en fiche.

Je les laisse regarder.

— Tu n'as jamais été dans le voyeurisme ? dis-je pour le taquiner.

. . .

Je fais glisser mes doigts dans ses cheveux et le long de sa mâchoire, doucement et lentement. Je ne veux pas qu'il pense que je suis une menace pour lui ou pour les hommes avec qui il travaille.

Il grogne et me repousse de son corps.

— Tu me distrais.

Il se lève et marche de l'autre côté de la table basse, gardant une solide distance entre nous. Anton se frotte le front avant de se caresser la mâchoire. Il est agité et dérangé par les informations que je lui ai données.

A-t-il peur que je le tente si nous sommes trop proches ?

J'ai besoin qu'il me fasse confiance, et s'il pense que le FBI le surveille et que je suis un allié, peut-être me donnera-t-il un peu plus de responsabilités et divulguera-t-il certains des secrets qu'il garde.

. . .

— Si tu n'as rien d'autre, j'ai d'autres clients à divertir, dis-je.

Je me lève, et il me grogne dessus.

— Retourne t'asseoir.

Je m'affale sur le canapé. Je n'arrive pas à lire s'il est jaloux ou en colère. Il se dirige vers le canapé et pousse la table pour se mettre en face de moi.

— Prouve ta loyauté, ordonne-t-il.

Je le regarde fixement.

— Tu veux une pipe ?

. . .

Il grogne et m'attrape par les cheveux, me tirant vers le bas pour m'allonger sur le canapé tandis qu'il me chevauche.

— Ne propose jamais ça à un homme dans mon club !

Avec lui qui tient une poignée de mes cheveux, je ne peux pas m'éloigner ou me battre. Et je fais attention à la façon dont je me bats, sachant que je pourrais facilement révéler qui je suis ou ma formation au FBI.

— Je veux ton obéissance et ta soumission, exige-t-il.

Sa main gauche saisit mes cheveux tandis que sa droite se referme sur mon cou.

— Tu l'as, chuchoté-je.

. . .

Il ne serre pas sa main. Il trouve mon point de pulsation, ses yeux sont entièrement posés sur les miens.

— Tu ne me crains pas, dit-il, réalisant que je ne me bats pas pour m'échapper, me libérer ou supplier pour ma vie.

— Je n'ai aucune raison de te craindre. Devrais-je ?

Ma vie est entre ses mains. C'est un jeu dangereux, mais il ne s'ouvrira jamais à moi si je ne lui montre pas que j'ai confiance en lui.

Sa bouche se presse contre la mienne, et sa langue franchit mes lèvres. Si c'était n'importe quel autre homme du club, je serais dégoûtée par un tel comportement, mais avec Anton, je veux qu'il me touche.

Il est entièrement habillé, mais je peux sentir sa bite pressée contre moi.

. . .

— Je veux que tu me baises, murmuré-je, en essayant de baisser le ton pour que lui seul puisse m'entendre.

Anton grogne avant de relâcher son emprise et de se détacher de moi. De la sueur perle sur son front. La pièce est étouffante.

— Retourne au travail, ordonne-t-il en écartant les rideaux et en disparaissant de la pièce.

Le reste de la soirée est beaucoup moins mouvementé. Je donne quelques lap dances, mais aucune n'est trop mémorable pour moi après ce qui s'est passé plus tôt. Je suis encore sous le choc depuis qu'Anton a découvert James et m'a interrogé à son sujet.

Alors que la nuit se termine et que le club ferme, je me dirige vers le vestiaire pour enfiler mon jean et ma chemise rose. Je prends mon petit sac contenant une paire de vêtements supplémentaires, mon maquillage et tous mes produits de nettoyage pour le visage. J'ai des paillettes sur la peau, contrairement à la nuit dernière où j'ai atténué le maquillage puisque je n'en avais pas apporté beaucoup.

Ma pochette est bien cachée dans mon sac, ainsi que mon téléphone. Si Anton est déjà parti, j'attrape mon portable et je commande un service de covoiturage. Mais j'espère qu'il m'attendra.

En sortant de la loge, je me dirige dans le couloir vers son bureau et je frappe rapidement. La porte s'ouvre en grinçant. Elle n'était pas très bien fermée.

Anton est assis derrière son bureau. Ses manches sont retroussées et sa veste est posée en bandoulière sur la chaise en face de lui. Je ne veux pas être présomptueuse. Nous avons peut-être parlé d'aller manger un morceau après la fermeture du club, mais les choses changent.

James est arrivé.

Je n'avais pas l'intention de lui dire que James est du FBI, mais je me doutais que je devrais faire quelque chose si Anton avait des soupçons. C'est pourquoi j'ai insisté pour que James me laisse sa carte de visite, pour être sûr que je disais la vérité.

Les sourcils d'Anton sont serrés, et il a l'air un peu confus.

— Il est déjà l'heure ?

Il jette un coup d'œil à la montre qu'il a au poignet et pose son stylo. Il ferme le registre sur lequel il travaille et ouvre le tiroir du haut de son bureau, le poussant à l'intérieur. Il ferme le tiroir derrière lui et se lève.

Il sort de derrière son bureau, retrousse ses manches. Il attrape son costume et le remet en place en m'escortant à l'extérieur.

Les autres filles sont déjà parties. L'endroit est vide, et alors que nous sortons, je remarque qu'il n'y a qu'un seul véhicule sur le parking, celui d'Anton.

Il déverrouille les portes du SUV, et j'ouvre la banquette arrière, posant mon sac sur le sol derrière mon siège. Je manipule soigneusement le dispositif de suivi. Je l'avais gardé niché dans ma paume sous la sangle du sac.

Je le pousse sous le siège passager. Avec un peu de chance, personne ne le remarquera jamais.

Je claque la porte arrière et saute sur le siège avant, en attachant ma ceinture de sécurité.

— Prête ? demande-t-il.

Le moteur tourne, et il frotte ses mains sur le volant, m'attendant attentivement.

— Même endroit qu'hier soir ?

Je ne suis pas sûre de ce qui est ouvert à cette heure-ci. La plupart de la ville est endormie, et les quelques endroits ouverts ne sont pas dans les meilleurs quartiers de la ville.

— J'ai un autre endroit en tête. Tu me fais confiance ?

. . .

Je prends une grande inspiration.

— Je te fais confiance.

— Bien.

Il sort du parking, sans me donner la moindre indication sur notre destination. La ville disparaît au fur et à mesure que nous avançons.

A-t-il prévu de m'emmener dans un endroit isolé et de me tuer ? A-t-il compris que je suis un agent du FBI ?

En me déplaçant sur le siège avant, j'essaie de ne pas montrer mon malaise - mon estomac grogne.

— On est presque arrivés, dit-il.

Je ne lui fais pas remarquer qu'il n'y a rien depuis des kilomètres. Ce sont des routes ouvertes, des forêts et des arbres qui nous entourent - l'endroit parfait pour une décharge de corps.

Il y a une arme enterrée au fond de mon sac de sport, mais elle est sur le siège arrière.

— Qu'est-ce qu'on fait ici, Anton ?

Le sourire a quitté mon visage, et il a été remplacé par l'effroi.

— Tu as l'air inquiète, dit-il en me jetant un bref regard avant de reporter son attention sur la route. Pourquoi ? Tu ne me fais pas confiance ?

— Il n'y a pas de restaurants ouverts par ici.

Je ne prends pas la peine de mentionner qu'il est tard et que le soleil va bientôt se lever.

. . .

— Il y a une barre protéinée dans la boîte à gants.

J'ouvre la boîte à gants, et bien sûr, il y a une barre protéinée cachée à l'intérieur. Ce n'est pas la seule chose que j'ai remarqué sous sa carte grise et ses papiers. Je vois aussi le métal brillant d'une arme de poing.

Je ne fais aucun commentaire sur l'arme, faisant semblant de ne pas la remarquer lorsque je saisis la barre protéinée et ferme la boîte à gants. Je ne peux pas m'emparer du pistolet sans qu'Anton le remarque, et la dernière chose que je souhaite, c'est qu'il nous fasse sortir de la route en me prenant l'arme.

— Tu veux la moitié ?

— Non, merci.

Il quitte la route et s'engage sur un petit chemin. C'est étroit et sombre. Il n'y a pas eu de véhicules depuis des kilomètres, mais c'est aussi le milieu de la nuit. Quand il arrive à la destination prévue, il coupe le moteur.

— On est arrivés.

Je le regarde et retourne à la boîte à gants. Je n'ai qu'une seule chance. J'ouvre le compartiment, je prends le pistolet, j'enlève la sécurité et je le pointe sur lui. Je ne me laisserai pas faire sans me battre.

SIX

ANTON

— Mais qu'est-ce que tu fais, Savannah ?

C'est la première fois que je ne l'appelle pas par le petit nom que je lui ai donné.

Putain, pourquoi a-t-elle volé mon arme ? Et pourquoi la pointe-t-elle sur moi ?

— A toi de me dire ! Tu m'as amené au milieu de nulle part.

. . .

Je regrette vraiment d'avoir chargé le pistolet. Elle a enlevé la sécurité, donc elle semble savoir ce qu'elle fait, et ses mains ne tremblent pas. C'est l'adrénaline ou autre chose ?

— Je t'ai amené pour qu'on puisse aller camper, dis-je. Le matériel est dans le coffre. Tu peux y jeter un coup d'œil si tu veux.

Elle jette un coup d'œil de moi à l'arrière du SUV. Elle ne peut pas voir le contenu du coffre d'ici, et je n'ai pas apporté tant de choses que ça. J'avais prévu de vivre à la dure avec elle. Je voulais dormir à la belle étoile et apprendre à la connaître, mais je me suis dit qu'une tente serait utile si les insectes devenaient trop nombreux.

— Vraiment ? Faire du camping pour un second rendez-vous ?

. . .

— Je ne savais pas qu'on sortait ensemble, dis-je en esquissant un sourire, pour tenter de la désarmer émotionnellement.

Avec un peu de chance, je peux récupérer le pistolet si je lui fais comprendre que je ne suis pas un si mauvais gars. Elle est probablement énervée après que ce stupide agent du FBI se soit pointé au club, mettant des pensées effrayantes dans sa tête sur qui nous sommes et ce que nous faisons.

— J'ai juste pensé...

Son nez se fronce et un regard d'irritation traverse son visage.

— Que tu m'avais amené ici pour me tuer !

— Pourquoi ferais-je ça ? demandé-je, ma voix calme et égale.

. . .

Cet agent du FBI est entré dans sa tête.

— C'est ce que cet homme t'a dit ? Que je tue des gens ?

— Pas avec autant de mots, murmure Savannah.

Ses sourcils se froncent, et elle baisse lentement l'arme. Je le lui prends et je remets la sécurité avant de le remettre dans la boîte à gants.

— Il me suivait ce matin, dis-je en essayant de lui expliquer ce que je sais du mieux que je peux. Je l'ai vu au café quand on s'est croisés. C'est impossible que ce soit une coïncidence.

C'est la première fois que je me rappelle l'avoir vu avant le Club Sage.

— Il a dû nous voir ensemble et s'est dit qu'il m'atteindrait à travers toi.

. . .

Je dois être plus prudent, surtout si les fédéraux fouillent partout, suivent mon cul et harcèlent les filles du club.

— Je ne lui ai rien dit, dit Savannah, la voix plus douce, plus calme. Je suis désolée d'avoir pointé ton arme sur toi.

— Je le suis aussi.

Je passe une main dans mes cheveux non coiffés et je pousse un rire guttural. Je n'aurais jamais cru voir le jour où l'une des danseuses me piquerait mon arme et aurait l'occasion de me tuer. Je ne m'attendais pas non plus à coucher avec l'une d'entre elles.

J'expire un souffle lourd.

— Viens regarder les étoiles avec moi, dis-je et je sors du véhicule.

. . .

L'air dans le SUV est lourd et oppressant à cause de ce qui vient de se passer. J'ai besoin d'un peu de distance et d'espace, pas nécessairement de Savannah mais de tout cela.

Je veux laisser tout ça derrière moi.

Mais je ne peux pas.

Je fais partie de la bratva. Ce sont mes frères, et je ne serai jamais capable d'échapper à leurs griffes. Non pas que ce soit si mal. J'aime travailler pour Nikita. Et Mikhail est un bon Pakhan. Je n'ai pas à me plaindre qu'il dirige le spectacle. Ce serait juste bien de ne pas regarder par-dessus mon épaule et m'inquiéter d'être jeté en prison pour la merde que j'ai faite.

Dans une autre vie, peut-être. Si vous croyez à ce genre de choses.

J'ouvre le coffre, et le dessus se soulève, révélant le contenu stocké à l'intérieur. Savannah vient du côté passager pour se tenir avec moi, en remarquant la tente.

— Comment as-tu su que j'aimais le camping ?

. . .

— Je l'ai deviné, dis-je.

Elle pourrait être le genre de femme qui déteste le plein air, mais même si c'était le cas, nous pourrions nous allonger sous les étoiles et regarder le ciel nocturne. Aucune femme ne m'a jamais dit non pour faire ça avec moi. Ce n'est pas que ça arrive souvent, mais j'ai été jeune une fois, il y a une éternité.

Je prends le sac avec la tente et les piquets à l'intérieur et je le sors du SUV. Il y a une clairière dans la forêt, un endroit parfait pour camper sous les étoiles. La tente que j'ai achetée permet de regarder le ciel tout en étant à l'intérieur, parfait pour s'endormir sous les étoiles.

En utilisant les phares du véhicule, en quelques minutes, je monte la tente, je mets un sac de couchage et je l'ouvre pour que nous puissions nous allonger ensemble. J'attrape un deuxième sac de couchage et l'ouvre comme couverture s'il fait plus froid.

. . .

— Viens t'allonger sous les étoiles avec moi.

Je n'attends pas la réponse de Savannah. Je prends sa main et la tire pour qu'elle me suive dans la tente.

Nous nous traînons sur le sac de couchage, et je pose ma tête sur l'oreiller surdimensionné en peluche. Savannah se blottit juste à côté de moi, partageant mon oreiller tandis que nous regardons le ciel nocturne.

Je veux qu'elle se détende et se relaxe. Mais je veux aussi qu'elle me dise tout ce que l'agent du FBI lui a dit ce soir. Je dois savoir ce que les fédéraux savent et ce qu'ils ont sur nous, si c'est le cas. Je suppose qu'il n'y a pas grand-chose, sinon ils feraient une descente.

Elle fixe le ciel. Il y a une lourdeur qui plane sur elle.

Est-ce parce qu'elle est fatiguée ?

Il est bien plus tôt que le matin, et bientôt le ciel nocturne offrira un magnifique lever de soleil qui sera difficile à voir parmi les arbres. La clairière nous offre une vue parfaite juste au-dessus mais obstrue tout autour de nous, avec des ombres dansantes et des branches qui se tordent sur des kilomètres dans toutes les directions.

Je passe mes doigts sur son bras, une douce caresse sur sa peau nue tandis que je la rapproche et roule sur le côté. Je veux l'embrasser, la dévorer, et lui montrer ce que c'est que d'être adoré par un homme obsédé par elle.

— Je suis désolée d'avoir douté de toi, dit Savannah, sa voix dépassant à peine un murmure.

— Il est entré dans ta tête, c'est tout.

Ce n'est pas comme si Savannah travaillait avec moi depuis des années ou faisait partie de la bratva. Elle est probablement la plus facile à manipuler, et c'est ce sur quoi cet agent fédéral stupide comptait.

Savannah émet un lourd soupir.

— Es-tu dangereux ?

. . .

Sa question me prend au dépourvu. Je m'attendais à ce qu'elle me pose des questions sur le métier, si j'ai déjà assassiné quelqu'un ou même ce que nous faisons en tant que bratva.

— Je ne te ferais jamais de mal, chaton, dis-je. Tu ne devrais pas avoir peur de moi.

Je ne lui fais pas remarquer que si elle me trahissait et révélait mes secrets au FBI, je n'aurais d'autre choix que de lui faire du mal.

Je suis dangereux.

Impitoyable.

Cruel.

Sauvage.

On m'a donné toutes sortes de noms pendant toutes les années où j'ai été loyal envers Mikhail et la bratva. Mais je ne tue pas pour le sport. Je ne suis pas un animal. Mes décisions sont réfléchies et planifiées.

. . .

— Mais tu es dangereux, dit-elle en tournant la tête, les yeux sur moi.

— Je ne te mentirai pas en te disant que je ne le suis pas.

Il n'y a aucune raison de lui cacher la vérité sur qui je suis. Ce stupide agent fédéral a déjà dévoilé mes secrets.

— J'ai fait des choses dont je ne suis pas fier, mais je protège toujours ma famille avant tout.

Que lui a-t-il dit d'autre ?

Mon estomac se retourne en la regardant et je réalise qu'elle porte beaucoup trop de vêtements, et que si elle a été accostée par le FBI, elle pourrait porter un micro.

Il n'y avait pas de véhicules qui nous suivaient sur notre chemin. Il n'y a personne ici à des kilomètres à la ronde. Mais si elle enregistre notre conversation, elle pourrait le remettre aux fédéraux.

Je dois savoir si je peux lui faire confiance.

Mes doigts effleurent ses hanches et remontent sur son ventre, traçant un chemin rude et chaud contre sa peau. J'ai besoin de voir qu'elle n'est pas câblée et qu'elle n'a rien à me cacher.

Je laisse doucement ma paume effleurer son ventre avant de guider ma main sous sa chemise. Il y a suffisamment d'espace pour qu'elle ait un fil scotché ou glissé dans son soutien-gorge.

Je ne sens rien d'autre qu'une peau douce et j'entends un gémissement s'échapper du fond de sa gorge.

— Tu ne me trahirais jamais, chaton, n'est-ce pas ?

Ma paume frotte sur sa poitrine. Elle porte un soutien-gorge, contrairement à la nuit dernière où elle était habillée. Non pas qu'elle porte une robe de chambre, mais elle est en jean, au lieu d'un sweat-shirt, et porte une belle chemise.

Je ne me fais pas d'illusions en pensant qu'elle s'est habillée comme ça pour moi. Ce serait grotesque. Je connais à peine cette fille, mais je mémorise chaque centimètre de son corps tandis que je masse l'un de ses seins et détache son soutien-gorge de l'autre main.

Le tissu est fin et en dentelle. Il fait trop sombre pour voir à quoi il ressemble sous le ciel nocturne. La lune est un croissant, offrant à peine de la lumière à travers les arbres.

A-t-elle porté ça pour moi ?

Je la débarrasse de sa chemise, la soulève au-dessus de sa tête, et le soutien-gorge glisse sur ses bras, ne révélant aucun fil. Je suis soulagé qu'elle ne travaille pas secrètement avec les fédéraux.

Savannah desserre ma cravate et libère lentement les boutons de ma chemise. Je retire ma veste de costume et la pose à côté de nous sur le sol de la tente. J'aurais dû mettre quelque chose de plus pratique pour le camping, mais je ne voulais pas que Savannah sache où nous allions.

De plus, ce n'est pas comme si nous allions faire de la randonnée ou passer des heures sur les sentiers.

Nous allons emballer la tente, aller prendre le petit déjeuner, et retourner en ville demain.

Savannah grimpe sur mes hanches, me chevauchant tandis qu'elle s'empresse d'enlever les boutons et de retirer ma chemise avant de se pencher et de couvrir mes lèvres des siennes.

Elle a un goût sucré, comme le miel et les amandes. Je mordille ses lèvres et me retourne, la faisant se débattre sous moi.

Ses yeux brillent dans l'obscurité tandis que je soulève mes hanches et déboutonne son jean, le faisant descendre et l'enlevant. Sa culotte est faite de la même matière que son soutien-gorge. Il y a de la dentelle sur les côtés et de la soie sur le devant.

Mes doigts me démangent pour arracher sa culotte, mais au lieu de ça, je fais durer le moment, je veux entendre ses gémissements et ses supplications. J'aime la voir s'agiter et avoir besoin de mes mains. Il y a quelque chose de satisfaisant à savoir que je l'ai rendue ainsi.

. . .

— Anton, ronronne-t-elle avec cette voix sensuelle et sexy qui envoie une décharge électrique à l'intérieur de moi.

Je veux qu'elle s'enflamme, hurlant mon nom, sans aucune inhibition. Elle se concentre sur moi, me déshabille, m'aide à enlever mon pantalon pour que je sois nu avec elle. Je jette mon pantalon sur le côté et m'installe entre ses cuisses.

Ses ongles grattent mon dos alors qu'elle s'agite dans l'attente. Elle est sans doute fatiguée, et il y a encore des taches de paillettes sur sa joue, ses cheveux, et probablement sur tout son corps. Il n'y a pas de douche au club, et elle n'a pas eu le temps de courir chez elle pour se nettoyer. Je vais avoir des paillettes sur moi pendant une semaine, et je m'en fous.

Je veux juste être enterré profondément en elle.

J'ai envie de son contact, de son corps blotti contre le mien. Après notre expérience ensemble la nuit dernière, elle est comme une drogue, et j'ai besoin de ma prochaine dose.

Me donnera-t-elle ce dont j'ai si désespérément besoin : elle ?

Ma bouche effleure son ventre tandis que je mordille et embrasse ses hanches, baissant sa culotte avec mes dents.

Elle halète, et ses doigts s'emmêlent dans mes cheveux tout en soulevant ses hanches pour que je puisse enlever sa culotte. Je grogne devant son empressement et j'explore chaque centimètre de son corps, la goûtant et écoutant son doux halètement et ses supplications lorsqu'elle m'en demande plus.

Les gémissements et les sons qu'elle émet me rendent fou, et très vite, elle se serre autour de mes doigts. Je veux être enterré profondément en elle. Je remonte sur son corps, me débarrassant de mon dernier vêtement, mon caleçon. J'attrape mon portefeuille pour prendre un préservatif avant de me positionner à son entrée.

Ses jambes sont pliées, et ses yeux luttent pour rester ouverts. Chaque respiration est lourde et rauque alors qu'elle m'attend.

Je ne veux pas l'écraser. Elle est délicate comparée à moi, douce et parfaite. Je la remplis, m'enfonçant profondément en elle. Quand je la pénètre, elle gémit et les sons qu'elle émet me rendent fou.

Chaque poussée devient plus intense.

Plus chaude.

Vibrante.

Comme de l'essence jetée sur un feu.

Ses ongles griffent mon dos et descendent jusqu'à mon cul, me marquant.

L'explosion imminente s'effondre. Ses entrailles frémissent, et elle se serre et frissonne, se spasme autour de moi. Je suis avec elle, au bord de l'oubli, tombant et haletant pour respirer alors que mon cœur bat contre ma cage thoracique.

La perfection.

Au fil des semaines, il n'y a aucun signe du type du FBI. Il n'est pas retourné au club, et j'ai été à l'appartement de Savannah toutes les nuits, pour m'assurer que les fédéraux ne la suivent pas. Et en bonus, j'ai pu être emmêlé avec elle dans les draps.

J'ai pensé aller voir Mikhail et demander à un associé de bas niveau de la suivre et de s'assurer qu'elle n'est pas suivie pendant la journée, mais cela impliquerait que les fédéraux sont un problème. Et je ne veux pas croire qu'ils le sont. Elle a dit à l'agent James Lexington qu'elle ne voulait pas travailler pour eux, et ils l'ont laissée tranquille.

Du moins, c'est l'histoire qu'elle m'a racontée, et je n'ai pas vu de preuve du contraire.

Mais je suis méfiant et prudent.

Parce que si Savannah ne travaille pas pour les fédéraux, alors ils vont juste cibler une autre fille du club. Je monte les escaliers pour le bureau de Nikita.

Je frappe rapidement et puis j'ouvre la porte quand j'entends un “Entrez” étouffé.

— Tu as une seconde ? demandé-je.

Que ce soit le cas ou non, je l'interromps. Je me suis demandé si je devais dire à Nikita que cette fouine harcèle une de nos filles. Mais lui dire pourrait laisser échapper que Savannah et moi sommes sortis ensemble presque toutes les nuits depuis un mois, peut-être plus.

Je n'ai pas compté. Je ne me souviens pas de la date exacte de notre rencontre, seulement de ce qui s'est passé. Je ne suis pas un gars sentimental. Je n'ai jamais fêté la Saint-Valentin ni envoyé de fleurs pour faire un grand geste romantique.

— Bien, je voulais te parler, dit Nikita. Prends un siège.

Il fait un geste vers la chaise en face de son bureau.

Je fais ce qu'il me demande. Nikita croise ses mains sur le bureau en bois.

— Toi et Savannah semblez proches.

Nous sommes toujours les derniers à partir, et Savannah arrive tôt au travail. J'ai toujours supposé que c'était pour passer quelques minutes avec moi, mais ce n'est pas nécessaire. Elle pourrait arriver en retard, et je ne lui ferais pas passer un mauvais quart d'heure.

Mais peut-être que je devrais.

Peut-être que les autres deviennent suspicieux. C'est ce que Nikita est en train de dire ?

— Je suis proche de toutes les danseuses. J'aime à penser qu'elles peuvent venir me voir si elles ont un problème.

Les yeux de Nikita se crispent. Il ne croit pas une ligne de mes conneries.

— Admets-le. Tu baises la nouvelle recrue.

— Tu as tort.

Le mensonge tombe si facilement de mes lèvres, je ne le crois même pas. Ça ne devrait pas avoir d'importance, sauf que mélanger travail et plaisir est mal vu. Il y a des règles strictes pour que les danseuses ne fraternisent pas avec le personnel.

Mikhail ne veut pas d'un procès pour harcèlement sexuel et dépenser d'innombrables dollars en procès. Mais Savannah n'est pas après notre argent, ou même mon argent, d'ailleurs. Elle est différente de toutes les autres filles avec qui j'ai couché avant.

Et j'ai connu ma juste part de femmes.

— Tu préfères le terme “rendez-vous” ? plaisante Nikita.

— Tu te trompes.

Ma mâchoire est serrée. Je ne veux pas que cela revienne à Mikhail ou à quelqu'un d'autre.

Il agite sa main dédaigneusement. Je ne suis pas sûr qu'il soit convaincu que nous sommes juste des collègues, mais il ne continue pas l'embuscade.

— Tout cela mis à part, les filles viennent ici ce soir.

— Quoi ?

. . .

Sa remarque m'a pris au dépourvu. Non pas que cela doive avoir une importance, mais j'aime être tenu au courant lorsque le patron vient au club. C'est comme lui dérouler le tapis rouge.

— Madisyn, Hannah, et Lucy. Elles célèbrent les fiançailles d'Hannah.

— Dans un club de strip-tease ?

— Tu sais que Mikhail tient Madisyn en laisse. Il veut s'assurer que les filles sont en sécurité, et comme on ne possède pas de club de strip-tease masculin, c'était la meilleure solution suivante. Quoi qu'il en soit, fais-leur sentir qu'elles sont les bienvenues.

— Je ne vais pas me déshabiller pour elles.

. . .

Nikita glousse à ma remarque.

— Je ne demandais pas ça. Je ne veux pas voir ça, et nos clients non plus.

— Bien, dis-je en passant une main dans mes cheveux.

— Y avait-il quelque chose dont tu voulais discuter ? demande Nikita.

— Rien que je ne puisse gérer.

Dois-je mentionner que les fédéraux ont été partout dans cet endroit, essayant de m'atteindre à travers Savannah ? Il sera énervé s'il le découvre d'une autre manière, mais alors je devrai dire la vérité sur le fait que j'ai couché avec elle.

C'est tout ce qu'on fait, coucher ensemble ?

J'ai l'impression que c'est plus, mais nous avons été prudents et avons gardé le secret à ma demande. Et étonnamment, Savannah n'a pas demandé plus. J'aurais pensé qu'elle aurait voulu rencontrer mes amis, et même suggérer de rester chez moi, mais cette conversation n'a même pas eu lieu.

Et je lui en suis éternellement reconnaissant. Ce n'est pas comme si je pouvais l'inviter dans la communauté. Il y a des règles pour ce genre de choses. Non pas que quiconque les suit. Nikita et Luka ont semblé les enfreindre, et pour autant que je sache, il n'y a pas eu de conséquences graves avec Mikhail. Mais ils sont plus proches de lui que moi.

Je passe quand même par le complexe pour prendre des vêtements propres, une douche et parfois une sieste parce que cette femme me tient éveillé toute la nuit. Mais ça en vaut la peine.

Elle en vaut la peine.

C'est peut-être pour ça que Nikita semble réaliser que je dois sortir avec quelqu'un. Je rentre rarement à la maison pour dormir à une heure raisonnable.

Il n'a pas tort, mais je ne suis pas prêt à lui avouer ça ou autre chose.

. . .

— Je m'assurerai de réserver un accueil chaleureux aux filles, dis-je.

Je me dirige vers la sortie de son bureau, en expirant un souffle vif.

Pourquoi suis-je nerveux ? Cela ne devrait pas avoir d'importance s'il découvre que je sors avec l'une des filles. Il ne va pas me tuer pour ça. Est-ce qu'il va virer Savannah ou, pire, me faire la virer ?

Bailey et Ava dansent sur la scène. Chloé, Violet et Missy se promènent dans le club. Chloé et Violet parlent à un petit groupe d'hommes, flirtent, les taquinent et les invitent à une danse privée. Missy danse sur la table d'un de nos habitués. Elle essaie de l'attirer dans le salon VIP, pas seulement pour une danse privée.

Savannah n'est nulle part en vue. Je la soupçonne de faire une lap dance à l'un de nos clients dans une cabine privée. Une partie de moi veut regarder, regarder les cassettes, ou se promener près des rideaux rouges et écouter les sons émis.

Mais je devrais la laisser faire son travail, ou Nikita a raison ; mélanger le travail et le plaisir est mauvais. Il me l'a dit très tôt quand j'ai été amené à aider le Club Sage. Je l'ai toujours considéré comme un mentor et un ami, pas seulement comme mon patron dur à cuire.

Il n'y a aucun signe de Madisyn, Hannah, ou Lucy pour le moment. Je regarde ma montre. Nikita n'a pas mentionné l'heure à laquelle elles arriveraient, mais je suis sûr que ça ne va pas tarder.

Je me dirige vers mon bureau et attrape ma clé pour déverrouiller la porte quand je trouve que la poignée tourne facilement.

C'est déverrouillé.

J'ouvre la porte d'un coup sec, et Savannah se trouve derrière mon bureau, debout au-dessus de celui-ci, le tiroir légèrement ouvert et le grand livre étalé alors qu'elle l'examine.

— Putain, qu'est-ce que tu fais ?

SEPT

SAVANNAH

— Rien, je...

Oh merde, je suis foutue.

Je n'ai pas d'excuse raisonnable pour expliquer pourquoi je fouillais dans son bureau, examinant le registre à la recherche de preuves.

Il claque la porte derrière lui, et je jure que la pièce tremble. Les quelques tableaux sur les murs vibrent, et ce n'est pas à cause de la musique qui pulse dans le club.

. . .

— Ce n'est pas ce que tu penses, dis-je en expirant calmement.

J'ai besoin qu'il croie que je ne le trahis pas, car il me tuera s'il apprend la vérité.

— Dis-moi ce que je pense, dit Anton.

Il s'approche, à ma portée. Il me domine et jette un bref coup d'œil pour confirmer ses soupçons sur le fait que j'examinais le registre.

Et ce n'est pas n'importe quel registre. C'est celui qui le lie au blanchiment de centaines de milliers de dollars par le biais du club. Un club de cette taille, même à New York, ne rapporte pas un chiffre d'affaires à 6 chiffres par semaine.

Ou peut-être que si, mais ils le font légalement.

Le Club Sage est sale, et je peux faire tomber Anton.

Mais mon estomac se noue à l'idée qu'il découvre qui je suis et ma trahison. Ce ne sera pas facile, mais je ne m'y attendais pas.

— Tu te souviens quand je t'ai dit que j'étais allée à l'université pour la comptabilité ?

— Où tu as abandonné en première année.

Bon sang, il s'en souvient. Qui a dit que les hommes n'écoutent pas ? Pourquoi Anton n'aurait-il pas pu être l'un de ces hommes ?

— J'ai un faible pour les chiffres. J'aime les regarder, les examiner, et essayer de leur donner un sens. C'est un de mes péchés mignons, dis-je en fronçant le nez comme si je lui disais un secret.

Le visage d'Anton ne bronche pas. Il n'y a pas de sourire.

. . .

— Tu as un faible pour les chiffres ?

Je ne suis pas sûr qu'il me croit.

Bon sang, j'y crois à peine moi-même.

— Les tableurs, les registres, tout ça m'excite, dis-je pour essayer de dissiper ses soupçons. Et il y a beaucoup d'hommes riches ce soir. J'essayais de me mettre dans l'ambiance, et quand tu n'étais pas dans ton bureau...

— Dans lequel tu es entré par effraction, je pourrais ajouter.

— Ce n'est pas vrai, dis-je en montrant la clé. Tu m'as donné un double de la clé il y a quelques nuits pour que je puisse prendre ton sac de voyage pendant que tu t'occupais de quelque chose en bas.

. . .

Il acquiesce vivement, semblant croire à mon mensonge.

— Je suis content de t'avoir trouvé. Nikita m'a informé qu'on a un groupe d'invités spéciaux, des VIP, qui viennent au club ce soir. Je veux que tu sois là pour qu'ils se sentent comme chez eux, dit-il en jetant un coup d'œil à sa montre. Ils devraient arriver sous peu.

Je souris, incertaine de qui il veut que je divertisse.

— Bien sûr, dis-je. J'arrive tout de suite.

Il attend près de la porte, et je ferme le registre, en faisant semblant de ne pas être aussi intéressée par son contenu que je le suis vraiment. Ce n'est pas comme si j'avais mon téléphone sur moi. Il n'y a nulle part où le cacher dans ma tenue pour prendre des photos pour le FBI.

Mais au moins y jeter un coup d'œil m'a donné quelques informations.

Si seulement je ne m'étais pas faite prendre.

Anton me frôle, ouvre le tiroir de son bureau et y glisse le registre assez brusquement. Il tend la main vers le double de sa clé et me l'arrache des mains.

— Je n'avais pas l'intention que tu la gardes pour toujours, remarque-t-il.

— C'est vrai, désolée pour ça, dis-je rapidement pour m'excuser, non pas que je le pense vraiment. Mais il n'a pas besoin de savoir que je ne suis pas sincère.

Il verrouille le tiroir et met la clé sur son porte-clés avec les autres. Il se dirige vers la porte, l'ouvre pour moi et me fait signe de sortir dans le couloir sombre.

J'expire un souffle nerveux. Il ne semble pas être au courant de ma trahison. J'ai peut-être évité une balle cette fois-ci, mais je dois être plus prudente. Je ne peux pas me permettre de me faire prendre deux fois.

Anton rit dans son souffle.

— On dirait que Mikhail nous rejoint avec les dames, dit-il.

Mikhail.

C'est le chef du Pakhan, l'homme que j'aimerais abattre pour pouvoir me vanter de cet exploit, mais il est aussi lié à Madisyn, et ils ont un enfant ensemble.

Madisyn Carter était auparavant sous couverture avec la Bratva russe en tant que Madisyn Taylor. Je ne sais pas si elle a épousé Mikhail ou pas. Je n'ai pas été en contact avec elle depuis qu'elle a quitté le bureau.

Mais c'est la seule personne qui peut me reconnaître et ruiner l'opération.

Nous avons surveillé le club pendant des mois avant l'opération d'infiltration, et elle ne s'était pas approchée de l'endroit.

Je l'ai aperçue dans une robe dorée et noire, épousant ses courbes. Je ne l'avais jamais connue portant des robes, peut-être une jupe noire avec son blazer, mais elle avait toujours été en tenue de FBI quand je l'avais vue. À l'occasion, du temps de son bureau, nous prenions un verre et partagions une victoire après une affaire.

Mais elle a le pouvoir de tout détruire et de me faire tuer.

Je m'éloigne d'Anton.

— Je dois aller aux toilettes, dis-je, m'empressant d'échapper à son emprise avant de me précipiter vers les toilettes à une cabine et de claquer la porte.

J'ignore le regard étrange d'Anton alors que je m'éclipse et le laisse seul.

Il dit quelque chose en réponse, mais c'est étouffé par la musique forte et l'épaisse porte en bois des toilettes qui est fermée.

Je pousse un soupir de soulagement.

Mais je ne peux pas me cacher ici pour toujours ou même toute la nuit. Je pourrais faire semblant d'être malade ou, pire, me faire vomir. Il y a du savon liquide pour les mains que je pourrais ingérer, mais ça ne semble pas être la meilleure solution.

J'ai juste besoin d'éviter Madisyn.

Il était toujours possible qu'elle se montre au club, mais Anton est de bas niveau comparé à Mikhail. Trouver des informations sur le Pakhan ferait de moi une légende au bureau et un traître pour Madisyn. Mais elle a coupé les ponts quand elle a été mise en cloque par Mikhail.

Je fais une grimace.

La même chose pourrait facilement m'arriver. Je baise Anton pratiquement tous les soirs, et même si je prends la pilule et qu'il utilise un préservatif, je ne veux pas penser aux conséquences si je tombais enceinte.

Mais je ne suis pas Madisyn.

Je ne resterais pas dans le coin. Anton n'est pas un type bien. Ce n'est pas le genre d'homme que je veux pour élever mon enfant.

Et c'est là que nous sommes différents.

Je ne peux pas me cacher dans les toilettes pour toujours. Petit à petit, j'ouvre la lourde porte en bois, je jette un coup d'œil dehors, soulagée qu'Anton ne monte pas la garde. Non pas que je pensais qu'il le ferait. Il est probablement occupé avec Mikhail et les dames qui l'accompagnaient.

Je jette un coup d'œil à Madisyn dans le salon, elle me tourne le dos, et je me faufile, me dirigeant vers les salles privées VIP.

— Qu'est-ce que tu fais ?

La voix d'Anton résonne dans mon oreille alors qu'il se tient derrière moi. Il est plus grand que moi, et bien que j'aie toujours reconnu la différence de taille, il me surplombe, me faisant me sentir petite.

Je me retourne pour lui faire face.

— Un client voulait utiliser la salle VIP, dis-je avec un sourire malicieux. Je le retrouve là-bas.

. . .

Les yeux d'Anton se crispent.

— Je croyais que tu devais m'aider avec les invités spéciaux de la soirée ?

— Dès que j'en aurai fini avec la salle VIP, dis-je en espérant pouvoir accrocher l'un des hommes et le convaincre de payer pour l'expérience ultime.

Je n'ai pas eu l'occasion d'utiliser la salle VIP, seulement les cabines, qui offrent encore moins d'intimité, bien qu'il y ait des caméras partout. L'intimité est une façade dans cet endroit. Je ne serais pas surprise si le FBI piratait toutes les caméras de surveillance et observait chacun de mes mouvements. Bien que je sois sûr que c'est pour ma protection.

Y a-t-il des caméras dans le sous-sol du club ? Je n'ai pas été capable de me faufiler en bas. La clé qu'Anton m'a donné pour son bureau ne fonctionne sur aucune autre porte. J'ai essayé. Qu'est-ce qu'il y a en bas ?

Anton force un sourire. Il n'est pas content, mais je ne peux pas dire si c'est parce que je ne suis pas ses ordres ou parce que je vais recevoir dans la salle VIP, et si le sexe ne peut pas se produire, il n'est pas rare que d'autres choses se produisent.

J'ai entendu les filles discuter dans les vestiaires. Elles échangeaient des histoires et des expériences, bonnes et mauvaises, avec les invités masculins. La plupart des filles détestent quand c'est un couple qui choisit une cabine ensemble parce que, souvent, les petites amies ont tendance à être jalouses.

Est-ce que c'est ce qui va se passer ce soir avec Mikhail et Madisyn au club ? Si Madisyn devient jalouse, peut-être qu'elle partira, et je pourrai retravailler à l'étage où je suis censée recevoir des invités et danser sur la plate-forme.

Les yeux d'Anton se plissent, et il n'y a pas de colère derrière ce sourire. Il est authentique.

— Je ne vais pas mentir et dire que je ne suis pas déçu. Je veux que tu rencontres mes amis.

. . .

— Je les rencontrerai, dis-je en forçant un sourire et en serrant son biceps. Quand j'en aurai fini avec le client, je vous retrouverai dans le salon.

Anton jette un coup d'œil autour de lui, satisfait que nous soyons seuls dans le couloir sombre. Il vole un baiser. Il est long, chaud, et passionné.

— Reste en dehors des problèmes, prévient-il.

Il n'a aucune idée du danger dans lequel je me suis jetée et à quel point je suis terrifiée à l'idée qu'il découvre la vérité. Si je peux rester loin de Madisyn, tout ira bien.

— Combien pour une danse ? demande-t-il, me fixant du regard.

Le souffle est aspiré hors de mes poumons.

. . .

— La suite VIP est ouverte, dis-je, pour me sauver de Madisyn et Anton.

Son regard se resserre, et il me connaît assez bien pour voir que je suis stressée et que j'essaie de ne pas le lui montrer.

— Je te suis.

Je ne veux pas danser pour lui. Tout ce que je fais sous couverture sera scruté. Ce n'est pas que ce n'était pas déjà le cas, mais je sens ses yeux sur moi et ma carrière qui s'envole.

HUIT

ANTON

Savannah se comporte étrangement depuis que je l'ai trouvée dans mon bureau. Je passe une main dans mes cheveux. J'ai envie de desserrer ma cravate - le club est étouffant - mais je dois être au mieux de ma forme.

Mikhail est là, ainsi que les filles.

Et la seule personne que je veux leur montrer, semble avoir eu la frousse.

Ok, c'est probablement une exagération. Savannah prend un client VIP, ce qui est génial, mais pourquoi ne m'en a-t-elle pas parlé quand je lui ai demandé de divertir nos invités spéciaux pour la soirée ?

Je ne veux pas devenir méfiant à son égard. Elle ne m'a donné aucune indication que quelque chose ne va pas jusqu'à ce soir.

Que faisait-elle dans mon bureau ? Je ne crois pas qu'elle ait un penchant pour les chiffres. Je ne l'ai jamais vue montrer le moindre intérêt pour les mathématiques.

Elle fouinait, mais je ne sais pas trop pourquoi.

Essayait-elle de voir combien les autres filles gagnent et paient au club ? Je ne lui reprocherais pas d'être curieuse, mais se faufiler dans mon bureau avec la clé que je lui ai donnée, c'est mal.

Elle doit être punie. Mais si j'en parle à Nikita ou Mikhail, elle sera virée.

Non, ça doit être géré par moi, officieusement, à la maison, ce soir.

Je me promène dans le vestiaire des femmes. Les filles sont toutes sur scène ou en train de divertir des clients. L'endroit est sombre et vide. Les lumières s'allument. Il y a un détecteur de mouvement quand je rentre dans l'espace. Je me dirige vers le casier de Savannah. Il ne faut rien pour crocheter la serrure, et je la retire, ouvrant le compartiment.

Il n'y a pas grand-chose à l'intérieur. Son sac à main, quelques vêtements, et une trousse de maquillage. Je fouille dans ses affaires, mais il n'y a rien qui sorte de l'ordinaire.

Je ne suis pas sûr de ce que je cherche, mais je sens que quelque chose ne va pas. Comme si j'avais manqué quelque chose depuis le début.

La vérification des antécédents n'a rien donné.

Je suis allé à son appartement. J'ai vu où elle vit. Qu'est-ce qui me manque ?

J'essaie d'ignorer que Savannah n'est nulle part en vue. Je pourrais regarder les caméras et voir ce qu'elle fait, mais la dernière fois que j'ai vérifié, elle était dans le salon VIP. Elle y sera pendant un certain temps ; si quelque chose de suspect ou d'inapproprié se produit, l'équipe de sécurité s'en occupera.

. . .

— Puis-je vous offrir quelque chose, mesdames ? demandé-je en m'approchant de l'entourage de Mikhail.

Lui, cependant, a disparu de la vue. Je suppose qu'il est dans le bureau de Nikita, en train de régler quelques obligations professionnelles de dernière minute.

— Plus de boissons, dit Madisyn, en me montrant son verre vide.

Lucy commence à se lever, et je lui lance un regard appuyé pour qu'elle se rassied. Elle n'est pas en service ce soir et n'est pas responsable d'apporter des boissons à ses amies.

— Donnez-moi vos commandes de boissons, et je vais m'en occuper.

. . .

Elles énumèrent des boissons sucrées et féminines, et je me dirige vers le barman, lui demandant de préparer les concoctions. Une autre serveuse sert les boissons pendant que je me promène dans le club, m'assurant que tout se déroule comme prévu.

Dmitri monte la garde près de la porte. Il ne vérifie pas les identités. C'est le travail de Viktor.

— Comment ça se passe ? demandé-je, en m'approchant de Dmitri.

Il se tient droit, dos au mur, et surveille la porte.

— Aucun signe récent de problème, dit-il.

Les Italiens et les Colombiens ne devraient pas savoir que Mikhaïl est au club ce soir, mais sa présence nous met toujours en alerte.

. . .

— Récent ? demandé-je.

— Un des associés du cartel est venu à la porte et a essayé d'entrer. On l'a repoussé.

— Bien.

Je devrais me détendre à ses paroles, mais ce soir ce n'est pas le moment de se détendre. Je suis à l'heure, et le Pakhan est à l'étage ou, au moins, dans le club.

Nos hommes surveillent constamment les chefs de la mafia et du cartel. Il serait stupide de ne pas attendre la même chose de nos ennemis.

Le club est sur le point de fermer, et Mikhail est déjà parti avec Madisyn. Hannah et Lucy sont reparties avec Nikita pendant que je jette un coup d'œil pour m'assurer que les portes sont fermées et que tout le monde est parti.

Il n'y a aucun signe de Savannah. Habituellement, elle traîne dans mon bureau après la fermeture ou dans le dressing si les filles sont encore en train de se changer et de faire leurs bagages.

Les lumières sont éteintes dans la loge. Il n'y a aucun signe d'elle nulle part.

Est-elle partie sans même un au revoir ?

Je ne devrais pas m'en soucier, mais c'est le cas. Je n'ai même pas son numéro de portable sur mon téléphone. Je pourrais jeter un coup d'œil à son CV ou à ses papiers d'embauche pour trouver son numéro, mais je ne suis pas aussi obsédé.

Je vais peut-être passer à son appartement pour m'assurer qu'elle est rentrée chez elle.

Comment est-elle rentrée chez elle ? Elle n'a pas de voiture, et je la raccompagne d'habitude. Le métro n'est pas très loin, mais je déteste l'idée qu'elle ait marché seule dans les rues à cette heure-ci.

Aurait-elle pu rentrer avec son client VIP ?

La bile monte dans ma gorge.

Non. Elle ne ferait pas ça. Elle n'est pas si désespérée pour de l'argent.

Mais si ce n'était pas pour l'argent ? Et si elle aimait vraiment le client ?

— Vous partez, patron ? demande Dmitri en sortant ses clés.

— Ouais, dis-je.

Je titube près de la porte. Je jette un coup d'œil à l'extérieur, en espérant qu'elle attende près du véhicule.

Elle n'est nulle part en vue. Je ferme le club à clé et Dmitri se dirige vers son SUV, garé à deux pas du mien.

— On dirait que tu vas rentrer seule à la maison, dit-il.

Je m'éclaircis la gorge et lui lance un regard perçant.

. . .

— La nouvelle fille s'est trouvé un autre moyen de rentrer, dis-je. Je l'accompagnais juste au métro.

— Bien sûr. Ne t'inquiète pas. Ce ne sont pas mes affaires.

— C'est bien vrai, murmuré-je.

Je déverrouille la porte et monte sur le siège avant.

J'attends que Dmitri sorte du parking avant de me diriger vers l'appartement de Savannah. Il est tard. Je devrais rentrer chez moi, mais je ne peux pas m'empêcher de lui rendre visite et de prendre de ses nouvelles. J'ai besoin de savoir qu'elle est en sécurité et, surtout, qu'elle est seule.

Mon sang bouillonne à l'idée qu'elle aurait pu ramener le client chez elle. J'ai la bouche sèche et j'appuie plus fort sur l'accélérateur pour traverser la ville et arriver à son appartement le plus vite possible.

Et si elle n'était pas chez elle ?

Ou pire, si elle était rentrée chez elle avec lui ?

NEUF

SAVANNAH

Plus tôt dans la salle VIP

— Je vous retire, dit l'agent Kingston, en insistant sur le fait que je ne suis plus en mission.

Je n'aurais probablement pas dû lui avouer que Madisyn était juste de l'autre côté du mur dans le salon. Heureusement, ils ne se sont pas croisés ; un coup de chance, je suppose. Mais ça n'enlève rien à la situation immédiate. Dès que je quitterai le salon

VIP, on s'attendra à ce que je danse pour les amis et collègues d'Anton.

Madisyn me reconnaîtra, et ma couverture sera grillée.

— Vous ne pouvez pas me retirer, pas encore. Il me fait confiance. J'ai déjà eu un aperçu du registre ce soir.

— Un aperçu ?

Il lève un sourcil en s'asseyant sur le canapé en peluche et en étendant les bras sur le dossier.

Je m'assois sur le bord de la table en face de lui et j'enlève mes chaussures. C'est contraire au règlement, mais je ne pense pas que quelqu'un va venir défoncer la porte pour un petit dérapage. J'étire mes jambes et pose mes pieds sur ses genoux.

— Massez-moi, dis-je avec un sourire en coin, le laissant masser mes orteils.

. . .

Si quelqu'un regarde les écrans, il peut penser que c'est son truc. Il glousse mais frotte mes pieds, accédant à ma demande. Les images de la caméra ressembleront à deux personnes qui conversent. La musique est suffisamment forte pour qu'il n'y ait aucune chance que quelqu'un entende notre conversation, contrairement à ce qui se passe derrière le rideau, où les gardes ne sont qu'à quelques mètres.

— C'est quoi cette histoire de registre ? demande Barrett.

Ses yeux sont rivés sur moi tandis qu'il fait disparaître la tension de mes pieds.

J'ai presque envie de m'éloigner, ce geste étant bien trop intime avec mon supérieur, mais il y a des choses bien pires que je pourrais faire pour lui ici.

— Anton est entré et m'a surpris en train de le lire.

— Merde, murmure Barrett en poussant un gros soupir. On devrait vous retirer.

. . .

— Quoi ? Non, c'est bon. S'il se doutait de quelque chose, je serais déjà morte.

Je ne peux m'empêcher de m'inquiéter, et plus j'évite Anton, plus ses soupçons pourraient s'aggraver, mais il n'y a aucune chance que je sorte dans le salon où Madisyn est avec ses nouvelles amies.

— Et ça ne vous inquiète pas ? demande-t-il.

— Bien sûr que si. Il me fait confiance. Donnez-moi un peu plus de temps.

Barrett acquiesce et jette un coup d'œil à la caméra. Il me retourne toute son attention comme si j'étais son prix. Je suppose que pour la somme qu'il paie pour me faire un massage des pieds, il devrait prétendre qu'il est fortement captivé par ce qui se passe entre nous.

. . .

— Vous avez pris des photos du registre ?

— Pas possible avec ce petit ensemble. Je ne peux pas cacher mon téléphone ou tout autre appareil photo.

Barrett ne discute pas car il sait que j'ai raison.

— Je ne vous quitterai pas des yeux ce soir. Quand votre service sera terminé, je vous ramènerai chez vous.

Il n'est pas au courant de l'arrangement qu'Anton et moi avons, que le patron de la bratva me ramène chez moi tous les soirs après le travail. Et si je lui disais, je serais virée de l'enquête.

Coucher avec Anton ne faisait pas partie de l'arrangement officiel. Je ne le regrette pas, même pas un tout petit peu.

— Allez-vous payer pour la salle VIP jusqu'à la fermeture ?

. . .

Autant je ne veux pas être enfermée avec Barrett pour les deux prochaines heures, autant je ne peux pas me retrouver face à face avec Madisyn. L'autre option est de faire semblant d'être malade et de me barrer pour la nuit.

— J'ai la carte de crédit du bureau, dit Barrett avec un sourire en coin.

Je glousse dans mon souffle.

— Bien, mais je ne vous fais pas de lap dance.

Je ne veux même pas penser à ce que j'ai dû faire avec James. Barrett est un gars droit. Il est pratiquement marié, même si c'est pour son travail.

Le téléphone portable de Barrett sonne alors qu'il sort du parking du Club Sage.

— Kingston, répond-il.

Le téléphone est immédiatement mis sur haut-parleur. Barrett n'a pas une once d'intimité. Cela semble approprié après les dernières heures où nous avons joué les VIP.

— Un détective de New York vient d'obtenir des informations sur l'alias Savannah Parker, dit Dalia.

C'est la nouvelle recrue, transférée d'une autre division après que Madisyn ait quitté le département.

— Qu'ont-ils vu ? demande Barrett alors qu'il s'éloigne du club.

. . .

— Nous avons effacé toutes les données possibles, et en utilisant l'alias de Savannah, quelques articles que nous avons cachés sont apparus, mais il y a quelque chose d'autre... dit Dalia quand sa voix s'éteint.

— Qu'est-ce que c'est ?

Barrett me jette un regard et ses sourcils se crispent, avant de reporter son attention sur la route.

— Le détective a utilisé une photographie de Savannah pour parcourir la base de données. Il est possible qu'il puisse être alerté de son statut avec le FBI s'il fait passer sa photo par tous les canaux.

— Merde !

Il frappe son poing contre le volant et prend un virage serré à la prochaine intersection. Jurant dans son souffle, il secoue la tête, visiblement mécontent de cette nouvelle révélation.

— Je suis sûr que c'est bon, dis-je.

Du moins, j'espère que c'est le cas. Je passe mes doigts sur mon jean. Mes mains sont moites.

Je me suis vite changé avant de m'éclipser, étant l'une des premières filles à partir à la fermeture du club.

L'agent Kingston se dirige plus loin de l'appartement que je loue temporairement pour la mission d'infiltration.

— Mon appartement est par là, dis-je en montrant la direction opposée.

— Je ne vous ramène pas là où vous faites votre travail sous couverture. Vous n'êtes plus en service, dit Barrett.

. . .

— Quoi ?

Je n'arrive pas à croire que je l'ai bien entendu. Il est resté avec moi jusqu'à la fermeture dans la salle VIP et a payé pour chaque minute ensemble, seulement pour me faire abandonner la mission. Ça n'a pas de sens.

— Au matin, Anton saura que tu es un agent fédéral. Je ne vais pas risquer ta vie.

Dalia s'éclaircit la gorge.

— Monsieur, si je peux me permettre... commence-t-elle à l'interrompre. Il nous est possible d'intercepter toute communication qu'Anton verrait par texto ou par email. De plus, j'ai déjà parcouru la base de données principale pour bloquer et nettoyer la capacité du détective à voir les informations de Savannah. Il pouvait seulement voir son image avec son numéro de badge dans une recherche large.

. . .

— N'avons-nous pas pensé à ça avant d'aller sous couverture ? demandé-je, ne comprenant pas la situation.

L'équipe technique était censée supprimer tout ce qui était facilement identifiable et planter une piste qui suivait mon alias.

— Oui, mais nous ne nous attendions pas à l'implication de la police de New York dans la bratva, dit Barrett. Nous n'avons pas assez d'éléments pour lier le détective Rylan Scott à quoi que ce soit de compromettant, mais il est évident qu'il y a un lien entre lui et les Russes.

J'ai la tête qui tourne, en essayant de donner un sens à tout ça.

— Est-ce que ma couverture est foutue ? demandé-je.

C'est tout ce que j'ai besoin de savoir.

Barrett attend que Dalia réponde à la question, il veut son avis.

— Il est très peu probable que le détective Scott ait pu accéder à votre dossier par les voies officielles.

Ses mots sont suspendus dans l'air. Ils sont aussi lourds qu'un ballon de plomb.

— Et qu'en est-il des canaux non officiels ?

— J'ai tout effacé dans la base de données. Les médias sociaux sont un plus grand océan dans lequel nager, mais je peux vous assurer que nous avons extrait tout ce que nous avons trouvé sur Internet en utilisant une recherche d'image inversée, dit Dalia.

Je veux croire qu'elle en a fait assez pour protéger ma couverture. Il y a quelques années, il n'était pas aussi difficile de s'infiltrer, avant l'essor des médias sociaux. Ces mêmes programmes technologiques, combinés à des logiciels de reconnaissance faciale, facilitent la recherche du passé d'un individu.

Honnêtement, je suis surprise que les Bratva n'aient pas leur propre système et qu'ils demandent l'aide d'un détective de bas niveau, à moins qu'Anton ne contacte pas ses hommes.

Il ne leur a pas encore dit qu'on avait couché ensemble.

Ce n'est pas comme si j'avais avoué avoir couché avec lui à mes supérieurs. Nous avons tous nos secrets, et la plupart d'entre nous sont prêts à les emporter dans la tombe si nécessaire.

— Si Dalia dit que je suis en sécurité, je lui fais confiance.

Barrett ferme la bouche, et je suis sûr qu'il se demande comment je peux faire confiance à la nouvelle fille plus qu'au collègue avec lequel j'ai travaillé la majeure partie de ma carrière. Facile, je veux rester sur cette mission, et elle me permet de rester sous couverture.

— Je vous le déconseille, mais je ne vous retirerai pas, dit Barrett. Mais je ne peux pas retourner au club. Vous devrez me transmettre des informations à un nouveau point de rencontre.

— Ça devrait être Dalia, dis-je. Tu as été au club. Si Anton ou un de ses hommes me surveille, ils te reconnaîtront. Tout comme ils l'ont fait avec James.

— Bien, grogne Barrett. Y a-t-il un endroit habituel où tu vas une fois par semaine sans éveiller les soupçons ? Autre que ta tournée des cafés ?

C'est fini depuis l'incident avec James.

— Je déjeune dans un petit restaurant chinois le mercredi. On peut se retrouver là-bas.

. . .

— Je vais le faire vérifier, dit Dalia.

Nous raccrochons l'appel avec Dalia, et l'agent Kingston se dirige vers l'appartement où j'ai séjourné sous couverture. Il fait nuit et il est incroyablement tard. Il n'y a presque pas de parking dehors.

—Tu veux que je t'accompagne ? propose-t-il, en s'arrêtant devant l'immeuble.

— Ça ira.

Je descends du siège avant et me dirige vers les portes principales. Je monte au cinquième étage et sors mes clés de mon sac à main quand j'aperçois une ombre dans l'obscurité.

Ce n'est pas n'importe quelle ombre.

Anton m'attend.

Je prends une grande inspiration et je ris nerveusement.

. . .

— Je ne m'attendais pas à te voir ce soir, dis-je.

Il ignore que je suis du FBI.

Il ne peut pas le savoir, parce que s'il le savait, dès qu'il serait dans mon appartement avec moi, ce serait un combat à mort.

— Ouais, moi non plus, dit Anton.

Il n'y a pas de sourire. Aucun soupçon d'humour derrière ses yeux.

— Je peux entrer ?

J'ai l'impression que ce n'est pas une question.

— Oui, bien sûr.

. . .

Alors que je tripote la poignée de la porte, il est pratiquement sur mes talons, il me domine. Je ne peux pas expliquer la trépidation qui parcourt chaque centimètre de mon corps. Mon cœur bat la chamade contre ma poitrine, et ma respiration s'accélère.

Je ne peux pas le laisser remarquer que je suis nerveuse, car s'il n'a pas déjà des soupçons, cela déclenchera tous les signaux d'alarme imaginables.

— Tu ne m'as pas attendu ce soir, dit Anton.

Depuis le premier jour où j'ai été embauché, Anton m'a ramené à la maison. Et presque chaque nuit depuis qu'il est tombé dans mon lit.

— Tu as mentionné que tu avais des amis qui visitaient le club. Je ne voulais pas m'imposer.

. . .

C'est un mensonge facile à débiter alors que je pousse la porte d'entrée et allume les lumières.

Anton est à l'intérieur et ferme la porte avant que j'aie le temps de me retourner et de croiser son regard.

— J'ai aussi mentionné que je voulais que tu les rencontres et que tu divertisses les dames. As-tu oublié ?

Je souris et laisse mes épaules se détendre. Il n'a pas sorti son arme ni ne m'a menacée. Si j'ai l'air coupable, il saura que quelque chose ne va pas.

— Un des clients voulait que je reste dans la salle VIP toute la nuit. Il a aussi donné de bons pourboires. J'ai gagné plus ce soir que n'importe quel autre soir.

Ce n'est pas faux. Je l'ai forcé à me payer bien plus que le tarif en vigueur parce que je n'avais pas d'autres clients. Le bureau peut remettre en question le montant dépensé au club, mais il laissera passer car cela faisait partie de la mission.

De plus, le club reçoit une partie de ma part, et si je ne gagne pas assez avec un seul client qui a payé pour mon temps toute la nuit, cela semblera suspect.

— Un régulier ? demande Anton.

Il fronce les sourcils.

— Je ne crois pas, dis-je.

Ça ne sert à rien de mentir. Il pourra le voir sur les caméras demain, s'il n'a pas déjà jeté un coup d'œil à Kingston au club.

Anton ferme la porte et me regarde.

— Tu as dû faire une sacrée impression.

. . .

Je me glisse hors de mes chaussures et dépose ma pochette près de la porte d'entrée.

— Ce n'est pas le but ?

Je souris et tourne sur moi-même, mes doigts s'emmêlent dans ses cheveux et l'attirent contre moi.

Son souffle chatouille mon cou alors qu'il enroule ses bras autour de ma taille, me gardant serrée contre lui.

— Dis-moi ce que tu faisais vraiment dans mon bureau, chaton.

J'ai envie de m'éloigner, de courir et de garder une distance constante entre nous, mais cet espace ne fera qu'amener plus de questions. Je ne veux pas détruire ce que j'ai accompli si Anton me fait confiance.

. . .

— Tu as raison. Je t'ai menti, murmuré-je.

Il fait basculer ma mâchoire, ses yeux me transpercent.

— Dis-moi la vérité.

Ses mots sont un ordre, et j'expire un souffle doux.

— Les filles parlaient de ce qu'elles gagnent chaque soir. Comment elles doivent payer le club pour danser, et je ne les ai pas crues quand elles m'ont dit qu'elles ne te payaient que dix pour cent.

— Je parie que Bailey t'a dit ça.

Bailey semble être la plus bruyante de la bande, causant autant de problèmes que possible. Etant la nouvelle fille, son harcèlement est généralement dirigé contre moi plutôt que contre les autres.

Cependant, je me demande qui elle dérangeait avant que je sois embauché.

— Et c'est vrai ? demandé-je, en levant les yeux au ciel.

J'avais entendu les filles discuter de leurs salaires et du fait qu'elles ne pouvaient pas cacher de l'argent aux propriétaires. C'est pour cela qu'elles n'ont pas le droit de porter des bottes à hauteur de genoux, car elles versent une partie de leurs pourboires au club.

Mon pourcentage était bien plus que 10%. Pas que ça ait de l'importance, tout ce que je gagne en dansant va directement au bureau. Enfin, tout ce qui n'est pas dépensé sous couverture. C'est pas comme si je pouvais me balader avec mes cartes de crédit.

— Ne me mens plus jamais, dit Anton.

Sa main reste ferme sur ma mâchoire et se laisse progressivement guider vers le bas.

. . .

— Je jure que je ne le ferai plus.

Les mots s'échappent avant que je ne réalise que la promesse que j'ai faite sera inévitablement brisée.

Ça ne devrait pas avoir d'importance. Ce que nous avons n'est pas réel, mais je ne veux pas que ça s'arrête. L'idée d'être retirée de l'enquête me brûle de l'intérieur.

Je prends une grande inspiration, m'attendant à ce qu'il me coupe l'air, mais sa main ne tombe pas autour de mon cou. Il me tire plus près, écrasant ses lèvres sur les miennes, exigeant ce qu'il veut, mais pas en paroles, plutôt en actions.

Le téléphone d'Anton vibre dans la poche de son pantalon.

— Je devrais prendre l'appel, murmure-t-il entre deux baisers. Il est tard. Qui que ce soit qui appelle, ça doit être important.

. . .

Il répond à l'appel, en mettant le téléphone à son oreille. J'essaie de ne pas le dévisager et je fais quelques pas en arrière, lui faisant signe de me suivre dans la chambre.

Anton s'arrête de marcher, et il y a un scintillement derrière son regard, un feu allumé par la reconnaissance de la trahison.

— Je vois, dit-il à son interlocuteur.

Je ne peux pas entendre ce qui se dit à l'autre bout de la ligne, mais la confiance de Dalia concernant la protection de ma couverture s'effondre.

Il fonce sur moi, le téléphone abandonné alors qu'il pointe une arme sur mon front. Je n'ai même pas vu son arme sur sa hanche ou le fait qu'il la récupère, mais j'entends la sécurité se déclencher.

— Tu es un putain de fédéral, grogne Anton.

DIX

ANTON

C'était le dernier appel que j'attendais, le détective Rylan Scott m'informant que la fille dont je lui ai envoyé la photo est un agent fédéral.

Elle s'est jouée de moi.

Pire, je pensais qu'elle avait des sentiments pour moi, qu'ils étaient honnêtes et pas du tout liés à son travail. Je comprends maintenant pourquoi elle voulait garder notre relation secrète.

Ça aurait pu ruiner son petit jeu.

. . .

— Qu'est-ce que tu cherches ? demandé-je, le pistolet armé sur sa tempe.

Ma main droite est sur la gâchette, et ma gauche est serrée autour de sa nuque. Elle ne va nulle part.

Mon instinct avait raison, même si je voulais qu'il ait tort. Quand je l'ai vue dans mon bureau, examinant le registre, tout a semblé s'écrouler. J'ai cru que j'allais vomir, mais j'ai mis de côté mes inquiétudes et j'ai ravalé ma fierté du mieux que j'ai pu.

Maintenant, ça semblait me rattraper.

— Ce n'est pas ce que tu penses, murmure Savannah, en me fixant.

Ses lèvres rubis sont entrouvertes, et chaque respiration est plus haletante.

Est-ce qu'elle essaie de m'exciter pour émousser mes sens ? Ça ne marchera pas.

. . .

— Essayez-moi, Agent Savannah Blakely, dis-je avec dégoût.

Elle a gardé le même prénom, mais elle s'est fait passer pour Savannah Parker. Son nom n'est pas le seul mensonge.

— Ce n'est pas ta vraie maison, n'est-ce pas ?

Je jette un coup d'œil aux murs stériles. La nouvelle couche de peinture prend soudain tout son sens. Elle a emménagé dans cet endroit pour être sous couverture. Ce n'est pas sa maison.

— Je suis ta cible.

Je me rends compte que je ne suis rien de plus qu'un moyen d'arriver à ses fins.

— Tu essaies de me faire tomber ou de faire tomber toute l'organisation pour laquelle je travaille ?

. . .

Je pointe le pistolet plus loin contre sa tempe.

— Je n'ai jamais voulu te faire de mal, dit Savannah.

— Et tu penses que je pourrais te croire ? Après tous les mensonges que tu m'as racontés.

Je rigole sombrement et je me retire comme si elle m'avait brûlé. Je la pousse sur le canapé, la forçant à s'asseoir.

— Mains sur tes genoux, face vers le haut.

Je la fouille, et bien qu'il n'y ait aucun signe évident d'une arme, si elle est un agent fédéral, alors elle a eu beaucoup d'entraînement au combat à mains nues.

Elle s'assoit sur le canapé et me regarde fixement.

. . .

— Tu vas me tuer ? demande-t-elle. Parce que les caméras sont partout dans cet appartement.

— Tu es une terrible menteuse.

Il n'y a pas de surveillance ou de micros dans son appartement. J'ai demandé à un de nos gars de vérifier l'endroit après qu'elle ait dit la vérité sur l'agent du FBI au club. Est-ce que tout ça n'était qu'un mensonge ?

Était-il un de ses collègues ?

J'éteins la sécurité et abaisse l'arme, mais je reste dominant, faisant les cent pas devant le canapé.

— Quelles informations as-tu donné aux fédéraux ?

J'ai besoin de savoir ce qu'elle a fait.

Ai-je impliqué Mikhail, Nikita, et les autres membres de la bratva, ou seulement moi-même ?

— Rien, dit-elle, en me fixant de ses yeux bleus cristallins.

Je devrais appuyer sur la gâchette, appeler l'équipe de nettoyage, et en avoir fini avec elle. Mais pour une raison quelconque, j'ai baissé le canon et je n'arrive pas à le ramener sur son front.

— Tu mens, dis-je en m'approchant du canapé, mes genoux heurtant les siens.

— Je ne mens pas, dit Savannah. J'ai jeté un coup d'œil à ton registre mais je n'ai fait aucune copie de ce que j'ai vu. Je ne pouvais pas te faire ça.

— Parce que tu t'es fait prendre.

. . .

Sa justification ne me convient pas. Elle ne se soucie pas de moi. Il n'a jamais été question de moi, sauf pour m'utiliser. La tuer serait facile, et je ne suis pas un homme qui pardonne, mais je ne peux pas la blesser.

Je déteste le fait que je me soucie d'elle.

Sa langue se faufile jusqu'au coin de sa lèvre avant de se retirer.

— Néanmoins, le FBI n'a rien sur toi.

— Et pour Mikhail et Nikita ? Est-ce qu'ils ont quelque chose sur eux ?

Elle secoue la tête.

— Juste ma connaissance du registre, mais ce n'est pas quelque chose qui tiendrait devant un tribunal sans preuve.

. . .

Je n'aurais jamais dû faire confiance à Savannah. Lui donner la clé de mon bureau était stupide. J'ai fait la plus grosse erreur, en lui faisant confiance.

— L'homme de ce soir, le client VIP, est un agent fédéral, n'est-ce pas ?

Sans mot dire, elle acquiesce.

— Et tu lui as parlé de moi.

Je ne peux que supposer qu'elle a divulgué tout ce qui s'est passé entre nous à son collègue ou patron.

— Pas tout.

Sa voix est à peine au-dessus d'un murmure.

— Qu'est-ce que tu veux dire, pas tout ?

. . .

Elle évite la question. Pourquoi ?

Elle presse ses lèvres l'une contre l'autre, et me regarde fixement.

— Je n'ai pas dit qu'on avait couché ensemble.

— Et pourquoi pas ?

Je pousse plus loin.

— Tu as couché avec moi, dans l'espoir de gagner ma confiance et de recueillir des informations. Pourquoi le bureau ne serait-il pas fier de ce fait ?

— ça ne s'est pas passé comme ça, dit Savannah et se lève, s'éloignant de moi, gardant une distance entre nous.

. . .

— Retourne t'asseoir ! dis-je, incertain de la direction qu'elle prend.

Je ne suis pas prêt à la laisser saisir un pistolet ou une autre arme qu'elle pourrait avoir cachée.

— Tu ne peux pas me donner d'ordres, Anton, dit-elle en croisant les bras sur sa poitrine.

Au moins par sa position, elle ne va pas chercher une arme. Elle est sur la défensive. En colère. Comme si, d'une certaine manière, j'étais le seul à blâmer pour son comportement.

— Bien sûr que je peux. Tu travailles pour moi, chaton. Tu m'appartiens.

Elle se moque et me regarde de haut en bas.

. . .

— Au cas où tu l'aurais oublié, ce travail était une couverture. Je ne travaille pas pour la Bratva.

Je réduis la distance entre nous. Mes doigts attrapent ses cheveux, tirant son visage près du mien.

— C'est la première erreur que tu as faite, croire que tu peux aller et venir comme tu veux.

Je devrais la laisser partir, dire à Nikita qu'elle a trouvé un autre travail ailleurs et garder secret le fait qu'elle soit un agent fédéral. Je suis bon pour garder les choses pour moi.

Mais je ne veux pas qu'elle s'éloigne de moi ou du travail.

— Trahis la famille, et Mikhail ordonnera ta mort, dis-je. (Mais j'ai une autre idée. Même le suggérer est dangereux. Je ne vois pas d'autre option.) Tu continues à travailler pour la bratva, et au lieu de te concentrer sur la bratva, tu leur donnes des informations sur le cartel colombien. Quand le temps sera venu, je m'occuperai de Mikhail.

Son sourcil se crispe, et elle semble se détendre à ma suggestion.

— Comment ça marche ?

— Tu vas t'offrir à eux, dis-je. Et tu apportes tout ce que tu trouves sous leur toit aux fédéraux.

Sa bouche s'ouvre à ma simple suggestion.

— Ça a l'air dangereux.

— Ça l'est, dis-je, refusant d'édulcorer ce que je lui demande de faire. S'ils découvrent ta trahison, tu es morte. Il n'y a pas beaucoup d'autres options. Soit, tu retournes au FBI avec rien, et ton travail est terminé.

On prend des chemins séparés et on ne se revoit plus jamais, ou tu infiltres le cartel.

Elle s'appuie contre le mur.

— Comment sais-tu que je ne vais pas te trahir et dire tous tes secrets au cartel

— Je te tuerai moi-même.

Il n'y a pas grand-chose qu'elle sait déjà sur la bratva. Bien sûr, avoir gardé notre relation secrète ne va pas la laisser entrer par la porte principale du complexe du cartel. Il aurait fallu que ce soit public pour qu'elle puisse le faire.

Ce que je suggère est primordial pour une mission suicide.

Mais au moins je ne suis pas celui qui appuie sur la gâchette. Son sang ne sera pas sur mes mains.

— Et ton patron ? Ne va-t-il pas devenir suspicieux si l'une des danseuses traîne soudainement avec le cartel ?

— Tu me laisses m'occuper de Nikita et Mikhail.

Je quitte son appartement, la tête dans le brouillard. Coucher avec elle à nouveau est hors de question.

Elle est l'ennemie. Mais quel meilleur moyen de traiter avec l'ennemi que de l'utiliser pour atteindre mes propres objectifs ?

Mikhail serait fier de transformer un autre agent du FBI. Cependant, elle n'a pas exactement tourné le dos à ses collègues ou à sa mission. Elle s'est seulement concentrée sur le cartel.

J'aurais dû lui mettre une balle dans la tête.

N'importe quelle autre danseuse et je n'y aurais pas pensé à deux fois, mais Savannah a frappé quelque chose en moi. Ce n'est pas seulement le sexe, bien que ce soit certainement une grande partie. En étant avec elle, c'est comme si je flottais dans l'air.

C'est la faute de la lune de miel et de la luxure.

Sauf que le sexe n'est plus d'actualité maintenant que je sais qui elle est, une traîtresse de la Bratva. Et elle a une chance de se racheter et de prouver sa loyauté.

Infiltrer le cartel.

Si elle ne le fait pas, je n'aurai pas d'autre choix que de mettre fin à sa vie.

Quel dommage.

Je descends cinq étages d'escaliers jusqu'à ma voiture garée au coin de la rue. Je monte sur le siège avant, mais je ne conduis nulle part. Je me concentre sur son immeuble et, plus précisément, sur son appartement. Les lumières sont allumées à l'intérieur.

Je suppose qu'elle va se coucher, mais si elle ne le fait pas, je dois être le premier à le savoir. Si elle sort en douce, je la suivrai.

J'attends qu'elle éteigne ses lumières. Personne n'entre ou ne sort par la porte d'entrée de l'immeuble.

Il y a une caméra près de la sortie arrière, et j'ai déjà réussi à voler le flux et à le diriger vers mon téléphone.

Aucun signe de Savannah ou de quelqu'un d'autre.

C'est une bonne nouvelle. Mais elle pourrait être en train d'appeler le bureau, et sans surveillance et équipement audio dans son appartement, il n'y a aucun moyen de savoir ce qui est discuté.

Finalement, je me dirige vers la base, me faufilant à l'intérieur juste avant l'aube. A la minute où ma tête touche l'oreiller, je suis parti.

Un poing fort et puissant frappe à la porte, me réveillant.

— Quoi ? Je suis debout, crié-je à celui qui est à la porte.

Je ne suis pas réveillé. Je suis toujours dans mon costume d'hier soir, sans la veste. J'ai enlevé mes chaussures, mais je n'ai pas pris la peine de me déshabiller.

— Tu as une sale tête, dit Nikita en entrant dans ma chambre sans y être invité. Nuit tardive ?

Je ne lui réponds pas. La vérité est que je ne veux pas lui dire que la nouvelle recrue, la fille que je baise, est un agent fédéral.

Il ira le dire à Mikhail, et je n'aurai pas d'autre choix que de la tuer pour prouver ma loyauté à la famille.

Je devrais la tuer. Il ne devrait pas y avoir l'ombre d'un doute dans mon jugement que son acte de désir n'est rien de plus qu'une trahison.

Mais je n'arrive pas à me sortir cette fille de la tête.

— Quoi de neuf ? demandé-je, évitant sa question.

. . .

Je passe une main dans mes cheveux. Pour que Nikita se pointe dans ma chambre, il doit y avoir un problème.

— J'ai reçu un appel du détective Rylan Scott ce matin.

Nikita passe une main dans ses cheveux. Il a l'air bourru, même pour cette heure.

— Et ?

Je cache tout soupçon de culpabilité, car j'aurais dû venir parler à Mikhail moi-même.

— Tu lui as demandé de chercher des informations sur la nouvelle fille. Celle que tu sembles avoir pris en affection. Mikhail était occupé. Heureusement pour toi, j'ai répondu à cet appel.

. . .

Je me racle la gorge, attendant qu'il continue.

— A quoi tu pensais, bon sang ?

Nikita me gronde, et je suis reconnaissant que la porte de la chambre soit fermée. Heureusement, personne d'autre ne peut entendre son dédain.

— Je ne savais pas qui elle était. La vérification de ses antécédents n'a rien donné.

C'est la vérité. Je n'ai pas eu à truquer ses références. Les fédéraux l'ont fait pour moi.

Mes options sont limitées. Je tue Nikita et laisse le secret mourir avec lui ou je fais face aux conséquences. Tuer un homme que j'ai accepté comme mon frère ne serait pas facile, mais ce serait pire pour moi d'aller affronter Mikhail pour mon erreur.

Nikita expire bruyamment par le nez.

. . .

— Personne d'autre n'a besoin de savoir.

— Tuer la fille ?

Je n'aime même pas le suggérer, mais si je ne le fais pas, il ne croira jamais que je suis toujours du côté de la bratva. Et en ce moment, je ne sais pas ce que je veux le plus : ma vie ou la sienne. Nous ne survivrons pas tous les deux.

Je ne suis pas un homme désintéressé. Je brûlerais le monde pour avoir ce que je veux. Ça inclut la destruction du club si nécessaire, mais ça ne sauvera ni Savannah ni moi à ce stade.

— A moins que tu sois amoureux d'elle ? demande Nikita.

Je ne tombe pas amoureux, encore moins d'une mégère qui a joué avec moi pour obtenir des informations.

. . .

— Laisse-moi m'habiller.

Dans l'heure, nous conduisons jusqu'à son complexe d'appartements. Nos armes sont équipées de silencieux pour empêcher les voisins d'appeler la police. Bien que je doute que la situation se passe en douceur.

Savannah est du FBI. Elle ne se laissera pas faire sans se battre.

— Gare-toi sur le côté, dis-je en désignant une place voisine au coin de la rue, du côté opposé à son appartement.

La dernière chose que je veux, c'est qu'elle remarque que nous sommes en train de monter.

Il fait chaud dehors, c'est étouffant, et c'est assez facile de mettre mes paumes de mains en sueur sur le compte de la météo, à l'exception de la pierre au creux de mon estomac. S'il y avait une meilleure option, je proposerais un autre choix.

Tuer Nikita.

Non.

Il ne m'a pas trahi. Je ne vais pas le tuer, même si cela signifie détruire la seule personne qui m'a rendu heureux récemment.

Mais ce n'était qu'un mensonge. Rien de ce que Savannah a dit n'était vrai. Son désir pour moi était probablement tout autant une mise en scène que tout le reste.

Je mords ma lèvre inférieure, et la sensation de douleur me ramène à la réalité alors que nous montons les escaliers.

Cinq putains de longs étages.

Cela ne semblait pas long avec Savannah à mes côtés.

Tout ce que je ressens, c'est de la douleur, de l'amertume, et du vide à l'intérieur. Sa trahison me brûle. L'obscurité va inévitablement me consumer. Tuer Savannah n'est pas ce que je désire, mais je ne vois pas d'autre issue.

Je m'arrête devant son appartement. Nous ne frappons pas. Nikita sort un crochet de serrure et ouvre la porte en quelques secondes.

Je fais une brèche dans l'entrée, arme dégainée, à la recherche d'un quelconque signe de la blonde. Il n'y a aucun signe d'elle dans le salon ou la cuisine. Je fouille la chambre pendant que Nikita vérifie la salle de bain.

— Elle n'est pas là, dit-il.

J'ouvre son placard, pour m'assurer qu'elle ne se cache pas. Les cintres sont vides, le placard aussi. J'ouvre d'un coup sec le tiroir du haut de la commode et le referme en claquant, répétant le mouvement avec le suivant.

— Elle a nettoyé et est partie, dis-je en jetant un coup d'œil derrière moi à Nikita.

. . .

Je ne devrais pas être surpris qu'elle soit partie. La convaincre de travailler pour la bratva et de se faufiler dans le cartel pour obtenir des informations était un pari risqué.

Savannah s'est jouée de moi.

Elle m'a fait croire qu'elle serait d'accord avec ça juste pour me faire sortir de son appartement assez longtemps pour qu'elle puisse faire ses bagages et partir. Est-elle rentrée chez elle ? Ou peut-être qu'elle s'est enfuie dans une maison sécurisée puisque la bratva connaissait son identité ?

La mâchoire de Nikita est ferme, et ses yeux se crispent.

— Tu l'as prévenue qu'on venait ?

Je me moque dans mon souffle de sa suggestion.

— Combien de temps ai-je été hors de ta vue ?

. . .

Il croise ses bras sur sa poitrine, peu convaincu, et regarde par la fenêtre.

— Merde, on vient de la manquer.

Je me rapproche de lui. Elle monte dans un taxi. Ses bagages doivent déjà être chargés dans le véhicule.

Nous n'arriverons jamais à descendre cinq étages avant de perdre de vue son véhicule si nous essayons de la suivre.

— On sait où elle travaille, dit Nikita.

— Je ne vais pas être capable de pénétrer dans le bâtiment du FBI avec une arme.

Il est fou d'y avoir même pensé.

— Non, tu la suivras quand elle quittera le travail. Trouve où elle vit.

. . .

Je passe ma main sur ma mâchoire. Ce n'est pas un mauvais plan, mais il y en a de meilleurs.

— On pourrait demander une autre faveur à l'inspecteur Scott.

Nous payons bien cet homme pour son utilité dans l'organisation. Où est le mal à le faire creuser un peu plus ?

— Et il est probable qu'il transmette l'information à Mikhail, dit Nikita en me regardant.

Comme si l'homme savait que je ne peux pas m'empêcher de penser à Savannah.

Je suis déchiré.

Je sais ce qui doit être fait, mais quand je serai confronté à la décision d'appuyer sur la gâchette, serai-je capable d'aller jusqu'au bout ?

C'est pour cela que Nikita insiste pour m'accompagner ? Il n'a aucune relation avec elle. Il lui a à peine parlé. Il n'y a pas d'attachement ou d'elle qui obscurcit son jugement. Il sera capable de la tuer sans effort.

Je ne peux pas en dire autant.

Nous sortons de son appartement et retournons dans le SUV. Nikita nous conduit vers le bureau, non pas que je m'attende à voir Savannah trimballer ses valises à l'intérieur du bâtiment.

Il y a beaucoup de gens dans la rue, mais aucun signe d'elle. Pour ce que nous en savons, elle pourrait être rentrée chez elle ou dans une maison sécurisée. Même si nous la repérons, il y a trop de témoins et de caméras de surveillance dans les environs.

Il fait le tour du bloc, mais il n'y a aucun signe de Savannah. Si elle est venue ici, elle avait plusieurs minutes d'avance.

— Laisse-moi sortir, dis-je.

. . .

Nikita me jette un coup d'œil alors qu'il gare le véhicule sur le côté de la route. Les voitures derrière nous klaxonnent.

— Quel est ton plan ?

— Quelque chose d'incroyablement courageux ou stupide, dis-je en sortant du véhicule.

Il secoue la tête alors que je monte sur le trottoir et que je me penche dans le SUV.

— Je vais me rendre aux autorités fédérales.

Je claque la porte et me dirige vers l'entrée principale.

Nikita est probablement en train de jurer, et j'entends la porte d'entrée claquer alors qu'il se précipite après moi, me pourchassant.

. . .

— Mikhail va te tuer, prévient Nikita. Pense à ce que tu fais. La trahison envers nous tous.

Il m'attrape par les poignets, essayant de me faire voir les choses à sa façon. Me convaincre de revenir au véhicule avec lui.

— Tu ne peux pas faire ça, Anton.

— Je suis amoureux d'elle.

Les mots s'échappent avant même que je ne réalise ce que je dis.

— Putain ! dit Nikita en laissant tomber ses mains sur les côtés. Rentrons et parlons de ça comme des hommes. Mikhail comprendra. Réfléchis-y.

— Parce qu'il a laissé Madisyn entrer chez lui ? Je secoue la tête, je n'y crois pas. C'est différent. C'est lui. C'est Pakhan. Je n'ai pas le même privilège, ajouté-je.

Je n'aurai même pas ma vie s'il découvre que je savais que Savannah était un agent fédéral et que je le lui ai caché.

Je jette un coup d'œil à Nikita. Il semble froissé, mais mon estomac se retourne comme si je pouvais être malade à tout moment. Est-ce qu'il pense que c'est facile pour moi ?

— Retourne dans le SUV, dit Nikita.

Son visage est rouge. Il y a de la rage derrière son regard, et si nous n'étions pas en public, il pourrait sortir son arme et me menacer avec.

Mais il n'est pas prêt à foutre en l'air sa vie avec Lucy.

— Je ne peux pas faire ça.

. . .

Je me dégage de son emprise et contourne le bâtiment en direction de l'entrée principale.

Nikita ne me suit pas.

La porte du véhicule claque, et les pneus crissent alors qu'il se dépêche de partir, me laissant seul. Je ne m'attendais pas à ce qu'il soit satisfait de ma décision, mais ils vont tuer Savannah si je ne le fais pas.

Et je ne peux pas laisser cela se produire.

ONZE

SAVANNAH

— Un mot, Savannah, dit l'agent Barrett Kingston en me faisant signe de me lever de mon bureau et de le suivre.

Je suis arrivée au travail tard ce matin, après avoir fait mes valises de l'appartement où j'étais sous couverture. Les valises sont rangées dans un placard au bout du couloir. Je ne voulais pas me montrer plus tard puisque je ne travaille plus sur l'affaire.

Anton y a veillé quand il a découvert qui j'étais et que j'étais sous couverture.

J'arrête de taper mon rapport, appuie sur les touches pour sauvegarder et me lève de mon bureau, m'approchant de mon patron.

— Oui, monsieur ?

— Tournure intéressante des événements, dit-il de façon quelque peu énigmatique.

Suis-je censée deviner de quoi il parle ? C'est à propos de ma présence au bureau ce matin ? Je savais que ma couverture était en danger avec la venue de Madisyn au club.

— Qu'est-ce que c'est ?

— Anton s'est pointé en bas et s'est rendu aux autorités.

. . .

Il n'a pas fait ça. Je sursaute et regarde derrière moi. Notre salle d'interrogatoire est vide ; je n'ai vu personne d'autre s'y promener.

— Où est-il détenu ?

— Quatrième étage.

Je roule mes lèvres ensemble. Je veux le voir.

— Est-ce qu'il parle ?

Anton va-t-il leur dire qu'il a couché avec un agent du FBI et découvert que j'étais sous couverture ? C'est le seul secret que j'ai gardé de mes supérieurs, mais je ne serais pas surpris que Kingston ou Lexington aient des soupçons. J'ai fait savoir que je ne voulais pas de caméras dans mon appartement.

. . .

— Il dit qu'il ne veut parler qu'à toi.

Je prends une grande inspiration. La dernière fois que nous avons parlé, j'avais un pistolet sur ma tête. Bien qu'il ne m'ait pas tiré dessus, il n'était certainement pas ravi quand il a découvert la vérité.

— Et vous voulez que je mène l'entretien ? demandé-je, en levant les yeux vers Barrett.

— Tu le connais. Tu as passé du temps avec lui. S'il est là pour nous mener en bateau, qui peut mieux savoir s'il se joue de nous ?

— Vous m'accordez beaucoup de crédit, monsieur.

Je suis Barrett jusqu'à l'ascenseur et je descends au quatrième étage. Il y a plus de cellules de détention et de salles d'interrogatoire à ce niveau qu'aux autres.

Il me conduit dans le couloir et ouvre la porte, me laissant entrer dans la salle d'interrogatoire. Barrett m'accompagne et se tient près de la porte.

Pense-t-il que j'ai besoin de protection ?

— Je veux lui parler seul à seule, dit Anton.

Il est assis à la table métallique. Pas de menottes. Il n'est pas légalement détenu. Nous n'avons pas de preuves pour l'arrêter. J'ai échoué dans ma mission, mais seulement parce qu'il a découvert qui j'étais avant que je puisse rassembler quoi que ce soit d'accablant.

— C'est bon, dis-je, assurant à Kingston que je peux gérer Anton seul.

— Je serai juste dehors, dit Kingston.

Je soupçonne qu'il se promène à côté pour regarder à travers la vitre.

La porte se ferme derrière Kingston et se verrouille. Je fais face à Anton, pas le moins du monde effrayée ou menacée par lui.

— Tu as mon attention. Qu'est-ce que tu veux ? demandé-je.

Ce n'est pas le genre d'Anton de débarquer au FBI et de se rendre. Il doit y avoir quelque chose qu'il prépare. Je ne peux juste pas encore voir la plus grande image.

— Viens, assieds-toi.

Il fait un signe de tête vers le siège vacant en face de la table en métal.

Je cède et me place de l'autre côté, loin de lui. Je fais glisser la chaise, qui grince contre le carrelage.

Les yeux d'Anton se plissent d'inconfort, mais il essaie de le cacher.

. . .

— Je suis venu ici pour te sauver, chaton.

Son utilisation du mot « chaton » est douce et silencieuse, pour que personne d'autre n'entende le nom qu'il me donne.

— Je n'ai pas besoin d'être sauvée.

— Mais je crois que si. Mes amis n'aiment pas ce que tu as fait et ont l'intention de faire connaître leur mécontentement.

Il prend soin de ne pas utiliser des mots comme menacer ou tuer, mais j'ai l'impression qu'ils ont l'intention de se venger de mes actions.

— J'apprécie l'info, mais je peux prendre soin de moi.

Je m'assois sur la chaise en face de lui. La chaise en bois est froide et dure. Elle n'est pas du tout indulgente, et je soupçonne Anton de ne pas l'être non plus.

Sauf qu'il est là, et ça me perturbe.

— Pourquoi me prévenir ?

Bien que j'apprécie son geste, il ne semble pas être le genre d'homme à vouloir protéger un agent fédéral. Il préférerait me tuer plutôt que de me protéger.

Il gagne du temps, ne répondant pas à ma question.

— Ok, alors réponds à ça, pourquoi te livrer aux fédéraux ?

Il croise ses mains devant lui. J'imagine qu'il a déjà été fouillé et qu'on lui a cherché une arme en entrant dans le bâtiment. Je ne suis pas en danger immédiat avec lui, nous sommes seuls.

Bien que, avouons-le, nous ne sommes pas vraiment seuls. L'agent Kingston observe notre conversation, nous écoute, et je suis sûr qu'il n'est pas seul dans la pièce d'à côté.

Il n'y a même pas un soupçon d'intimité, et si je tente de manipuler l'un des équipements, je serai le prochain agent disgracié, comme Madisyn l'a été, pour ce qui s'est passé entre elle et Mikhail.

— Je t'ai dit que je faisais ça pour te protéger, dit Anton.

— Je trouve ça difficile à croire, dis-je. La nuit dernière, quand tu as découvert pour qui je travaillais, tu m'as menacé avec une arme.

Anton s'éclaircit la gorge.

— J'avoue avoir été surpris par la révélation que tu n'étais pas celle que je croyais.

. . .

Je peux accepter ça comme réponse. Cela semble sincère et honnête. Non pas que l'homme ait une étonnante réputation d'honnêteté et d'éthique.

— Et ?

J'attends qu'il élabore, qu'il dise quelque chose qui ait un sens. Pourquoi diable est-il ici ? Veut-il qu'on l'emmène en prison pour les vingt prochaines années ?

Nous n'avons rien sur lui ou sur l'organisation, du moins rien qui soit recevable devant un tribunal.

— Je pense toujours que tu pourrais aider à faire tomber le cartel, dit-il en s'éclaircissant la gorge, jetant un coup d'œil à la fenêtre sombre où mon patron et, j'en suis sûr, une poignée d'autres agents sont debout et regardent l'interrogatoire.

Sauf que c'est lui qui semble diriger cet interrogatoire, et non l'inverse. Je ne peux pas m'empêcher de me demander ce qu'il fait ici. Je suis sûr que le bureau ne va pas juste le laisser partir. Ils le détiendront, légalement, aussi longtemps qu'ils le pourront - vingt-quatre heures - et ensuite il sera un homme libre.

A moins qu'ils puissent obtenir quelque chose de lui.

— Ce n'est pas pour ça que tu es là. On le sait tous les deux, dis-je.

Je recule ma chaise. S'il ne parle pas et ne nous donne pas d'informations, je pars.

— Où vas-tu ?

— J'ai du travail à faire, dis-je en faisant semblant de ne pas être le moins du monde intéressée par une conversation avec lui.

. . .

Kingston sera plus dur avec Anton si je pars, et c'est peut-être ce qu'il faut.

Quand diable suis-je devenue douce ? Je serre les lèvres l'une contre l'autre, ne voulant même pas envisager que la raison est Anton, que les sentiments que je prétendais avoir se sont infiltrés en moi, me faisant aimer cet homme.

Je ne devrais pas l'aimer.

Je devrais le mépriser, mais ce n'est pas le cas.

Il y a un soupçon de sourire qui se dessine aux coins de ses lèvres. Je jure que cet homme peut lire dans mes pensées, mais ce n'est pas physiquement possible.

— Assieds-toi, parlons-en.

— Je m'assiérai si tu me parles de Mikhail et de l'opération qu'il dirige.

Anton se penche en arrière et croise ses bras sur sa poitrine.

. . .

— Pourquoi tu ne me laisses pas parler, chaton ?

Cette fois-ci, le nom d'animal s'échappe, et ce n'est pas le moins du monde silencieux.

La pièce gonfle, mais je suis sûre que ce sont mes joues qui brûlent, pas la température qui augmente. Je ne veux pas qu'Anton pense qu'il a le contrôle. C'est moi qui ai le pouvoir. Pas lui.

Je m'approche de la porte et je saisis la poignée.

Anton gémit, réalisant que je suis sur le point de partir et qu'il va devoir faire face à quelqu'un d'autre.

— Attends, dit-il en expirant une douce bouffée d'air.

Il a attiré mon attention. Je lui jette un regard en arrière.

. . .

— Tu vas parler ?

— N'est-ce pas ce que je fais depuis le début ?

Il me fait un sourire en coin, mais il y a un soupçon de nervosité derrière son comportement froid. Son extérieur est tout en affaires, dur et robuste. Mais il y a un éclair d'anxiété derrière ses yeux. Est-ce parce qu'il est ici et que la bratva ne va pas aimer les traîtres ?

Je m'approche de la table mais ne m'assieds pas.

— Dis-nous tout sur la Bratva russe.

Il glousse et semble se détendre.

— Ça pourrait prendre toute la nuit, chaton.

— Arrête de m'appeler comme ça !

. . .

Je regrette immédiatement lui avoir crié dessus. En vérité, j'aime bien le nom attachant qu'il m'a donné, mais je ne peux pas avoir l'air faible parmi les hommes du bureau ou paraître compromise d'une quelconque manière.

— Oui, préfère-tu que je t'appelle Agent Savannah Blakely ? demande-t-il, en utilisant mon nom de famille, et non le faux que je lui ai donné lors de notre première rencontre.

— Parle-moi de la bratva, répété-je.

Je veux qu'il arrête de tergiverser.

— Tu vas devoir être plus précise.

Il est un peu trop calme et posé pour se présenter et se livrer aux fédéraux.

Est-ce qu'il ne se soucie plus d'être un traître pour son peuple ?

— Commençons par le Pakhan, Mikhail.

— Le nom ne me dit rien, dit Anton.

— Y a-t-il un autre chef de la bratva ? demandé-je.

Tout ce que nous avons rassemblé indique que Mikhail Barinov dirige l'organisation.

— Il y a plusieurs organisations de bratva à travers la Russie. Je ne connais aucun des membres personnellement.

Un grand coup contre la fenêtre indique que je dois me retirer et discuter avec les agents. Sans un autre mot, je me dirige vers la porte.

. . .

— Savannah, dit Anton, qui veut mon attention.

Je suis tentée de ne pas me retourner, de ne plus jouer à ses jeux. J'ouvre la porte et je jette un regard en arrière à Anton.

— Quelqu'un va venir te voir sous peu.

Je sors et ferme la porte derrière moi.

La porte adjacente s'ouvre et l'agent Kingston en sort avec d'autres hauts responsables.

— Nous le faisons transférer, dit Kingston, en me donnant un avertissement.

— Vers où ? Vous avez quelque chose pour le retenir ?

. . .

— On va trouver quelque chose, dit l'agent Danvers en me faisant un clin d'œil.

C'est un autre agent spécial superviseur d'une autre division. Je n'ai pas souvent travaillé avec lui, mais il y a des rumeurs, dont aucune n'est bonne ou de bon augure pour Anton.

Je me dirige dans le couloir vers l'ascenseur. Me disputer avec un agent spécial superviseur ne va pas aider ma carrière ou la situation avec Anton.

Au moment où les portes commencent à se fermer, Barrett se glisse dans l'ascenseur.

— J'ai compris. Tu es en colère.

— C'est pas ça, dis-je en croisant les bras. Tu crois qu'on devrait transférer Anton alors qu'on n'a encore rien contre lui ?

— Ce n'est pas à moi de décider. Mais il va parler, dit Barrett.

. . .

Il est un peu trop confiant.

— Tu es sûr de ça ?

J'appuie sur le bouton de notre étage et j'attends que l'ascenseur monte.

— Il est venu ici pour te chercher.

Rien ne lui échappe.

— Eh bien, il m'a trouvé.

Je hausse les épaules et regarde l'affichage de l'étage, souhaitant que l'ascenseur s'ouvre déjà. Le petit espace est étriqué, surtout avec le regard de Barrett. Au moins, il n'y a personne d'autre avec nous dans l'ascenseur.

. . .

— Il est clair qu'Anton a des sentiments pour toi. Mais je ne peux pas dire si tu en as pour lui.

— Je n'en ai pas, dis-je un peu trop vite. C'était juste une mission, rien de plus.

Mon estomac se retourne en entendant mes propres mots. Je ne peux m'empêcher de penser à lui, à son arrestation et à son emprisonnement. Il n'y a pas de preuves pour condamner Anton, mais je ne peux m'empêcher de craindre que l'agent Danvers fasse quelque chose pour changer ça. Fabriquer des preuves pour qu'Anton soit condamné.

— Tu devrais prendre le reste de la journée.

— Monsieur...

— Ce n'est pas une suggestion, dit Barrett. Rentre chez toi.

. . .

Je ne veux pas partir, mais ce n'est pas comme si on me donnait beaucoup de choix.

— Bien, je prends mes affaires et je m'en vais.

Les portes de l'ascenseur s'ouvrent, et je me précipite dans le couloir pour prendre mes sacs. En quelques minutes, je porte ma valise jusqu'à l'ascenseur, et j'appuie sur le bouton, attendant que les portes s'ouvrent. Cela prend une éternité, et une fois que l'ascenseur arrive, je monte dedans et appuie sur le bouton pour le hall. Je prends un taxi en sortant et je rentre chez moi.

L'avertissement d'Anton résonne dans mon esprit. Mais pourquoi viendrait-il ici pour me dire que son équipe va me tuer ? Rien de tout cela n'a de sens.

Ce n'est probablement rien de plus qu'une ruse pour me faire peur et me convaincre de lui faire confiance. Mais pourquoi voudrait-il que je fasse ça après ma trahison ? Je me pince l'arête du nez, ma tête commence à palpiter, et je suis soulagée lorsque j'arrive dans le hall.

Je traîne mes bagages sur le sol en direction de la sortie quand je passe devant deux individus en costume. Ils me sont familiers. Je suis sûr de les avoir déjà vus, mais je n'arrive pas à savoir où. Ici, au bureau, ou ailleurs ?

J'ai la chair de poule sur les bras et un frisson me parcourt lorsqu'ils entrent dans les ascenseurs qui les attendent.

Les portes commencent à se fermer, et je sursaute lorsque je réalise que les hommes rasés de près sont deux Russes, tous deux membres éminents de la bratva.

Nikita et Dmitri.

DOUZE

ANTON

— Debout !

L'un des agents m'aboie des ordres alors qu'il me lit mes droits et me place en état d'arrestation.

— Quelles sont les charges ? demandé-je alors qu'il fait claquer les menottes en métal, attachant mes poignets derrière mon dos.

Il ne répond pas à ma question.

— Je veux un avocat et mon seul coup de fil.

Ce bâtard narquois me sourit simplement.

— Vous allez être transféré.

— Vers où ? demandé-je.

Un autre agent ouvre la porte. Deux hommes se tiennent dans le couloir. Ils portent des costumes et de faux badges attachés à leurs blazers.

Un regard et je reconnais les deux hommes. Ils travaillent pour Mikhail.

L'agent qui me livre travaille-t-il avec Mikhail, ou est-il un imbécile et me livre-t-il aveuglément, croyant que je serai en détention fédérale ?

Je vais tenter ma chance avec Mikhail, même si j'imagine qu'il veut me tuer après la merde que j'ai faite ici, en me montrant, en me pavanant, et en essayant d'atteindre Savannah.

Je serais mieux en détention fédérale, arrêté, et jeté dans une cellule de prison.

Nikita et Dmitri sont à peine reconnaissables. Ils ont rasé leur barbe, et leurs cheveux sont taillés. Ils ont tous les deux l'air de gentlemen propres, mais les apparences peuvent être trompeuses.

Nikita remet les papiers de transfert, et l'agent les signe avant de rendre les faux documents. On m'escorte vers l'ascenseur, et les doubles portes s'ouvrent devant moi.

Savannah sort en trombe de derrière les doubles portes.

— Ce sont des bratva ! crie-t-elle, en levant son arme de son étui à la hanche.

J'échappe à l'emprise de Nikita et Dmitri, voulant protéger Savannah des monstres qui ont l'intention de la tuer. Elle réussit presque à s'échapper.

Avec mes mains attachées dans le dos, il est difficile de faire plus que la protéger avec mon corps alors que je me précipite vers elle.

Ses yeux s'écarquillent, mais elle ne me tire pas dessus. Est-ce parce que je ne suis pas armé ou parce qu'elle a encore des sentiments pour moi ?

Concentrée sur moi, elle ne s'en aperçoit que trop tard : Dmitri s'approche d'elle avec un couteau, qu'il a réussi à faire passer à travers les détecteurs de métaux.

Je n'ai pas d'autre choix que de la faire reculer vers l'ascenseur et de tenter de m'éloigner de Dmitri et Nikita.

Mais elle pense probablement que je travaille avec eux.

Ce n'est pas le cas.

J'ai trahi ma famille pour la protéger.

Les agents lèvent leurs armes, mais personne ne se précipite à l'aide de Savannah sauf moi. Les portes de l'ascenseur commencent à se fermer, et je me précipite sur elle, la forçant à retourner dans l'ascenseur pendant que Dmitri l'attrape par derrière, se faufilant avec nous. Il lève le couteau au niveau de son menton et lui fait une entaille suffisante pour qu'elle sache qu'il est sérieux.

Nikita saute dans l'ascenseur avec nous alors que les doubles portes sont à moitié fermées. Il appuie sur le bouton pour le parking. L'ascenseur descend rapidement.

— Laissez-la tranquille, dis-je à Dmitri.

Mais ce n'est pas comme si je pouvais faire grand-chose avec mes mains dans mon dos.

Est-ce que Savannah a un double des clés ? Si oui, elle est un peu occupée en ce moment pour m'aider.

Elle fait tomber Dmitri en arrière, lui faisant percuter la paroi de l'ascenseur, et la rampe heurte le bas de son dos. Il grogne mais ne bronche pas.

Elle se débat ensuite avec Dmitri et lève son bras droit en travers de son corps, tournant l'arme vers elle. Elle lève son bras au-dessus de son épaule pour tirer sur Dmitri, mais Nikita l'arrête avant qu'elle puisse tirer.

C'est deux contre un.

Mais plus maintenant. Ce sera deux contre deux.

Je fonce sur Nikita, ma tête heurte sa poitrine. Même sans mes mains, je ne suis pas capable de me battre de mon mieux, mais je ferai tout ce qu'il faut pour aider à libérer Savannah.

Les portes de l'ascenseur s'ouvrent alors que la lutte continue.

Le métal clique contre le sol. Savannah a perdu son arme, mais elle n'a pas perdu le combat.

Les bottes frappent le sol cimenté à distance alors que les agents se précipitent dans les escaliers. Des coups de feu sont tirés au hasard dans le parking.

— Attrape la fille, on y va, dit Dmitri en criant des ordres à Nikita.

Nikita soulève Savannah sans effort par-dessus son épaule. Sans son arme, elle donne des coups de pied dans ses jambes et des coups de poing dans son dos, mais cela ne le dissuade guère de la précipiter vers le véhicule qui l'attend.

Ils ouvrent d'un coup sec la porte arrière d'un van blanc et la poussent à l'intérieur. Je suis forcé de monter ensuite, et bien que je ne veuille pas y aller, je ne laisse pas Savannah seule avec la bratva. Elle va avoir besoin de quelqu'un pour la protéger.

La porte se ferme derrière nous, et des coups de feu éclatent dans le garage une minute plus tard. Dmitri et Nikita devaient avoir des armes sur le siège avant.

Je protège Savannah avec mon corps, la couvrant d'être touchée alors que les balles ricochent et frappent l'extérieur du van.

Le moteur rugit, et le conducteur appuie sur l'accélérateur. Je n'ai pas vu qui était derrière le volant, si c'était un troisième membre de la bratva ou si c'était Dmitri ou Nikita qui conduisait.

Le son des coups de feu s'éloigne alors que le van sort du parking à toute vitesse.

— On doit sortir d'ici, dis-je, en me soulevant de Savannah.

Ma jambe me brûle. Une balle a effleuré ma chair, mais ce n'est rien à quoi je ne puisse survivre. On m'a fait pire.

Je roule sur Savannah, grimaçant à cause de la blessure à ma jambe.

— Qu'est-ce qui ne va pas ? On t'a tiré dessus ?

Sa voix monte d'un octave.

Aucun de nous ne peut voir dans l'obscurité du van.

— Je vais bien, dis-je, balayant son inquiétude. Juste effleuré.

Je n'ai pas besoin qu'elle s'inquiète pour moi. C'est elle qui a besoin de protection.

— On doit partir d'ici.

Elle trébuche dans l'obscurité, trébuche sur moi lorsque le véhicule s'arrête brutalement. Son corps atterrit contre le mien, me clouant au sol.

Le va-et-vient de sa poitrine correspond au mien.

— Désolée, dit-elle en se raclant la gorge.

— Ne le sois pas.

J'imagine qu'elle me sourit, mais je peux à peine voir sa silhouette dans l'obscurité.

— Une chance que tu aies les clés des menottes ?

Je suis optimiste, mais c'est peu probable.

— Non, mais il y a probablement quelque chose à l'arrière qu'on peut utiliser, dit-elle.

Elle descend de mon corps. Déjà, la chaleur et la sensation de son corps au-dessus du mien me manquent.

Ça n'arrivera probablement plus jamais, tous les deux emmêlés dans les draps.

Elle se traîne à l'arrière du van.

Le silence.

— Quelque chose ? demandé-je.

— Rien d'utile.

J'expire un souffle lourd.

— Quand on arrivera au complexe et que les portes s'ouvriront, tu devras courir.

Il y a un silence qui suit.

— Tu m'as entendu ? demandé-je.

— Que prévoient-ils de te faire ?

La voix de Savannah est douce et calme.

— Ne t'inquiète pas pour moi. Je peux prendre soin de moi.

— Les fédéraux ne vont pas simplement les laisser s'en tirer après nous avoir kidnappés. Ils vont suivre le van, et s'ils nous emmènent chez ton patron, ils nous attendront.

Savannah a raison. Nikita et Dmitri doivent le réaliser, et je suis sûr qu'ils ont déjà conçu un plan. Ils ne se sont pas introduits dans le bâtiment du FBI et m'ont capturé juste pour le sport.

— Ils ne nous ramèneront pas au complexe. Ils vont nous conduire dans un endroit isolé et nous tuer.

Ma première idée était qu'ils allaient me jeter dans la prison du complexe, m'interroger et me torturer, mais Savannah sait comment les agents du FBI pensent et se comportent. Ils ne vont pas faire de l'attentisme quand il s'agit d'avoir un de leurs agents.

— Ils n'avaient pas prévu que tu serais ici, à nous accompagner, dis-je.

Il n'y a aucune chance que cela fasse partie du plan.

Elle soupire doucement, et après avoir fait un autre tour à l'arrière de la camionnette, sans rien trouver qui puisse aider, elle s'affale à côté de moi.

— Pourquoi es-tu venu au bureau ? demande Savannah.

Sa question me prend au dépourvu.

— Comme je l'ai dit, pour te protéger. Mikhail veut ta mort. Il pourrait aussi bien avoir ordonné un coup sur toi à cause de ce que tu as fait.

— Et tu n'arriverais pas à le convaincre que je ne suis pas une mauvaise personne ? Que je suis de ton côté ?

Je ris dans mon souffle à sa suggestion.

— Peut-être que si je ne m'étais pas livré aux fédéraux, ça aurait pu marcher. Nikita a découvert ton petit secret. Et quand j'ai valsé dans le bâtiment du FBI, il a probablement tout dit à Mikhail.

Savannah jure dans son souffle.

— Ce n'est pas bon.

— Tu penses ?

Je grimace. Ce n'est pas sa faute, enfin, pas entièrement. Nous sommes tous deux à blâmer pour nos actions.

— Quand ils ouvriront la porte, je créerai une diversion, et tu t'enfuiras.

— Je ne te laisse pas seule avec eux.

Elle est trop gentille. Elle va nous faire tuer tous les deux.

— Je peux prendre soin de moi, dis-je.

— Je suis un agent du FBI entraîné, alors je peux aussi.

Se disputer avec elle ne nous mènera nulle part.

— Très bien.

Nous avons besoin d'un nouveau plan.

— Aucune chance que tu aies une barrette dans tes cheveux ? Quelque chose que je puisse utiliser pour ouvrir la serrure des menottes ?

— L'armature de mon soutien-gorge s'est desserrée. Ne regarde pas.

Je glousse dans mon souffle. Comme si je n'avais pas déjà vu chaque centimètre d'elle nue et frémissante à mon contact.

— J'ai laissé mes lunettes de vision nocturne à la maison.

— Très drôle, murmure-t-elle.

Il y a un bruissement de vêtements, j'imagine qu'elle est en train d'enlever son soutien-gorge. Je ne peux pas voir si elle a enlevé toute sa chemise ou si elle a fait ce truc où elle arrive à le tirer par sa manche. Quoi qu'il en soit, l'image de ses seins bien fermes est une vision agréable dans mon esprit.

Savannah pousse un lourd soupir, et je sens ses mains effleurer les miennes tandis qu'elle tripote le fil de métal et les menottes dans mon dos.

Le véhicule ralentit alors que nous prenons un virage abrupt et que nous sommes secoués par les cahots de la route que nous empruntons.

Je ne sais pas combien de temps nous avons roulé, mais nous ne sommes probablement pas près de la ville. Ils vont vouloir se débarrasser de nos corps dans un endroit éloigné.

Savannah parvient à détacher un bracelet métallique, puis l'autre, alors que nous ralentissons à nouveau et que le véhicule effectue un deuxième virage serré.

— Où est-ce qu'on va putain ? demande-t-elle.

Il n'y a aucun bruit de circulation à l'extérieur. Aucun véhicule ne nous dépasse ou ne klaxonne. Nous sommes probablement sur une route isolée.

— Probablement les bois. Un endroit isolé.

Il y a assez de forêts en dehors de New York pour qu'ils puissent nous emmener n'importe où. Les seules propriétés que Mikhail possède, à ma connaissance, sont dans les environs du centre-ville.

Les menottes tombent sur le sol, et je suis reconnaissant pour le répit du métal qui s'enfonce dans ma chair. Cependant, ce n'est rien comparé à ce que la bratva aura prévu pour nous lorsque nous nous arrêterons.

— On doit sortir d'ici, dis-je.

Je me lève, trébuchant vers la porte. La porte latérale et le coffre arrière sont verrouillés.

— J'ai déjà essayé les poignées de porte, dit Savannah. D'autres suggestions ?

Le van s'arrête net, et j'inspire fortement.

— Tu dois courir.

C'est le seul moyen de la garder en sécurité. Si j'attaque Nikita et Dmitri, avec un peu de chance, Savannah pourra s'enfuir.

— Je t'ai déjà dit que je ne ferai pas ça.

La porte arrière s'ouvre. Dmitri se tient debout avec son pistolet pointé sur nous.

— Sortez, crie-t-il.

Savannah sort la première. Je la suis.

Pourquoi diable ne m'écoute-t-elle pas ?

— Marche.

Nous errons sur une vingtaine de mètres avant qu'il ne mugisse son prochain ordre.

— A genoux !

Il ne devait pas vouloir que notre sang tache l'extérieur de la camionnette - trop de preuves.

Savannah et moi nous mettons à genoux.

Dmitri a une arme pointée sur Savannah, et Nikita est venu du côté de la camionnette, pointant son arme sur moi.

— Un dernier mot ? demande Nikita. Une déclaration d'amour ?

Je ne suis pas sûr de savoir où il veut en venir, mais je mords à l'hameçon. J'aime Savannah. Je sais que je ne devrais pas. Qu'elle est l'ennemie et veut détruire les hommes pour lesquels je travaille, mais j'ai déjà ruiné mes chances avec l'organisation. Ils l'ont fait savoir.

— Je suis désolé que ça en soit arrivé là, dis-je, en fixant Savannah. Je t'aime et je regrette que tu ne m'aies pas écouté.

Pourquoi ne pouvait-elle pas fuir et se sauver ?

Ses yeux vacillent pendant un moment, et je ne suis pas sûr pourquoi. A-t-elle une autre arme dont elle ne m'a pas parlé cachée sur elle ? Si elle en a une, c'est le moment de l'utiliser.

— Je suis désolée, murmure Savannah. Je n'ai jamais voulu te faire de mal.

Je presse mes lèvres contre les siennes, dures et passionnées. Si c'est la dernière chose que je vis, je veux la dévorer, la protéger, la sauver.

Un coup de feu retentit, et quand je réalise que je ne souffre pas et ne saigne pas plus qu'avant, je m'attends à trouver son corps sans vie dans mes bras.

Mais elle respire fort, ses mains s'accrochent aux miennes.

Dmitri tombe à terre.

— Levez-vous ! aboie Nikita. Mikhail a ordonné votre mort à tous les deux. Il n'arrêtera pas de vous chercher.

Il fouille dans sa poche et me tend un bout de papier ainsi que les clés du véhicule.

— Qu'est-ce que c'est ?

— Sors d'ici. Sauve-la tant que tu le peux encore, dit Nikita.

— Et pour Mikhail ? Il te tuera s'il apprend ta trahison.

Nikita me tend son arme.

— Il ne le fera pas si tu me tires dans l'épaule. Je dois faire croire que tu as volé le véhicule et que tu t'es échappé. Il y a un dispositif de suivi dessus, cependant. Tu dois changer de véhicule dès que tu peux

Je suis au courant du traceur. Je grimace et soulève le pistolet, en enlevant la sécurité. Je vise et tire, lui tirant une balle dans l'épaule.

Il maudit et grogne dans son souffle.

— Ne reviens jamais à New York.

Je me précipite du côté du conducteur, et Savannah grimpe sur le siège avant.

— Tu vas juste le laisser là ?

— Que suggères-tu ? Que je l'emmène à l'hôpital ?

Sa question est absurde. On ne va pas à l'hôpital, même quand nos hommes se retrouvent avec une balle dans le corps. Il y a Steele Concierge Medical et les infirmières qui vivent dans le complexe. L'une d'entre elles est la fiancée de Luka.

— Dépose-le ! Il se vide de son sang et est au milieu de nulle part. Il va mourir avant que les secours n'arrivent.

— Putain !

Je claque ma paume contre le volant. Ensemble, nous nous dépêchons de charger son cul à l'arrière de la camionnette.

— Tu es quelqu'un de trop bien, dis-je, en regardant Savannah.

— Et tu m'aimes pour ça.

Nous nous dépêchons de sortir des bois, mon pied pesant sur l'accélérateur alors que je dépose Nikita à l'hôpital le plus proche.

Nous échangeons nos véhicules peu de temps après, montons dans un bus puis dans un train, en direction de l'adresse que Nikita nous a donnée.

— Tu es sûr qu'on peut lui faire confiance ? demande Savannah, jetant un coup d'œil au bout de papier dans ma main avec l'adresse, le numéro de téléphone et le nom de l'homme qui peut nous aider.

— On a besoin de nouvelles identités. Si ce type, Declan, peut nous aider, je ne vois pas d'autre choix.

TREIZE

SAVANNAH

Nous devons constamment regarder par-dessus nos épaules. Il n'y a aucun signe de la bratva, mais il y a une présence policière élevée à la gare routière et à la gare ferroviaire de New York.

Nous arrivons dans le Montana, où Anton achète un téléphone jetable avec de l'argent liquide et appelle le numéro indiqué sur notre arrivée, en demandant qu'on nous emmène.

Il ne dit pas grand-chose d'autre au téléphone. Est-ce qu'il nous attendait au moins ? Et si Nikita le connait, comment savoir si on peut lui faire confiance ?

. . .

— C'est bon, dit Anton, en posant une main sur mon bras et en sentant mon hésitation alors que nous nous tenons devant la gare.

— Il sera là dans quelques heures. En attendant, il y a un Walmart pas très loin d'ici. On devrait prendre quelques articles essentiels.

— On ne peut pas utiliser nos cartes de crédit.

— Oui, je sais. On devrait aussi prendre de la teinture pour cheveux et des ciseaux. On doit changer notre apparence.

Le paysage est assez beau, avec des montagnes qui nous entourent de tous côtés. J'ai l'habitude de vivre en ville et de visiter occasionnellement la banlieue, mais je ne suis jamais allé aussi loin à l'ouest, même pour le travail.

. . .

— Mon Dieu, c'est si calme ici.

— C'est le but, dit Anton.

— Le FBI ne va pas arrêter de me chercher.

— Je suppose que tu ne t'attendais pas à ce que ça arrive quand tu as signé pour devenir un agent du FBI.

Je lui fais un sourire en coin.

— Non, ça n'a jamais été une option, même lointaine. Travailler sous couverture, oui. Mais trahir mon pays, non.

— Tu ne trahis pas ton pays, dit Anton.

. . .

Son sourcil est serré, et il prend ma main alors que nous marchons ensemble sur la route pavée vers le magasin.

— J'en ai l'impression, murmuré-je. Mais je te promets que tu peux me faire confiance. Je ne vais pas contacter le FBI et leur faire savoir où nous sommes.

— Bien, dit-il.

Il s'arrête de marcher. Ses mains commencent à me fouiller.

— Téléphone portable ?

— Dans mon sac à main, à New York.

Il finit de me palper un peu trop intimement avant de relâcher sa prise.

. . .

— C'est pour ça que tu n'as pas proposé de payer ton billet de train ou de bus. Et moi qui pensais que tu attendais de moi que je sois galant.

— Toi, galant ? rigolé-je. Ne va pas prétendre être un héros à cause de ce que tu as fait aujourd'hui. Nikita est plus un héros que toi.

— Aïe.

Il lève sa main droite sur sa poitrine comme si je venais de l'offenser. Il y a un sourire ironique qui tire sur les coins de ses lèvres.

— Pourquoi tu ne t'es pas enfuie ?

— Je n'aurais pas été bien loin. De plus, je suis entraînée à désarmer une menace. Je ne voulais pas te laisser derrière.

. . .

Je lui donne un coup de coude pendant que nous marchons. Je ne peux m'empêcher de penser à ce qu'il a dit quand nous étions à deux doigts de la mort.

Je t'aime.

Ses mots tournent dans ma tête comme un disque rayé, encore et encore.

Avait-il dit ça pour survivre ? Pour essayer de trouver un terrain d'entente avec son collègue et ami, Nikita ? Ou le pensait-il ?

— C'est la seule raison ? sourit Anton. Et moi qui pensais que c'était parce que tu voulais être mon héroïne.

Le Walmart est à portée de vue, et nous nous promenons sur le parking. Je ne peux m'empêcher de scruter les véhicules voisins, à la recherche d'un quelconque signe de problème. Nous sommes loin de New York, mais il y a beaucoup de bureaux du FBI dans tout le pays.

Comment avons-nous réussi à nous faufiler sans être vus à la gare ? Il y avait des vidéos de surveillance, et même si Anton avait pris une casquette de baseball pour couvrir son visage, j'étais toujours une cible.

— Comment va ta jambe ? demandé-je.

Dans le train et le bus, nous étions assis. C'est la plus grande marche que nous ayons eu à faire récemment, et Anton essaie de cacher son inconfort.

— C'est bon. Ne t'inquiète pas pour moi, dit Anton.

L'homme est dur, mais il n'a pas besoin de prétendre qu'il va bien quand il est avec moi.

— Difficile de ne pas le faire quand tu me ralentis.

Je le pousse à nouveau.

. . .

— C'est ta façon de flirter, chaton ?

Je roule les yeux et les baisse alors que nous entrons dans le Walmart. Il y a des caméras dans le magasin et, bien sûr, dans le parking. Ça ne va pas être facile de rester hors de vue, mais si personne ne nous cherche dans le Montana, alors tout va bien.

— La teinture pour cheveux est par là, dis-je en montrant du doigt la droite.

Anton attrape un petit panier et me suit dans l'allée. Mes cheveux sont naturellement blonds, et j'ai la peau claire. Je prends la boîte de teinture rousse parce que je ne pense pas que je pourrais être brune.

— Roux ? Tu veux qu'on se fasse prendre ?

Il attrape une couleur marron foncé, jette un coup d'œil à la boîte, puis revient vers moi. Il se rend probablement compte que mon teint est trop clair pour avoir des cheveux foncés. Il grogne puis attrape la boîte rouge, la laissant tomber dans le chariot.

Il est à mi-chemin de l'allée quand j'essaie de le rattraper puis tourne brusquement à droite pour se promener dans l'allée des rasoirs.

— J'ai besoin de tailler ma barbe.

— Tailler ou raser ?

Je ne veux pas admettre que j'aime sa pilosité faciale. J'aime tout chez cet homme, et je sais que je ne devrais pas. Je serais plus en sécurité si je lui volais quelques dollars et que je m'enfuyais. Le FBI peut me protéger. N'est-ce pas ?

Mais deux membres de la Bratva ont réussi à entrer au quatrième étage et à capturer Anton sans incident jusqu'à ce que je me présente.

— Raser. Et je devrais aussi couper un peu mes cheveux.

. . .

Il prend un rasoir électrique sur l'étagère.

Devant mon insistance, nous passons vingt minutes à parcourir les allées, à prendre de nouveaux vêtements de rechange et des produits pour nettoyer sa blessure. Après avoir fait les courses et payé, nous allons ensemble dans les toilettes et je l'aide à nettoyer l'endroit où la balle a effleuré sa cuisse. Il aurait pu nettoyer ça lui-même. Ça n'a pas l'air grave. Il y a un peu de sang séché et son pantalon a un trou dû à la blessure, mais le sang ne se voit pas sur ses vêtements à cause de son pantalon noir.

Nous finissons et sortons, sur la route où nous avons convenu de rencontrer Declan. Je ne sais rien de l'homme qui vient nous chercher, seulement que Nikita a insisté sur le fait que nous pouvions lui faire confiance. Et qu'il nous a sauvé la vie.

C'est suffisant ?

Je suis nerveuse. Ne pas avoir mon arme de service n'est pas idéal. Mais j'ai appris à faire confiance à Anton. Il a été clair dans ses intentions. Moi ? Je suis toujours en train de comprendre ce que je veux. Je ne l'ai pas laissé tomber, alors peut-être que je sais un peu ce que je veux.

Il porte les sacs le long de la route, marchant à côté de moi. Anton marche à l'extérieur de la route, me gardant en sécurité près de l'herbe. Je ne peux pas dire si c'est intentionnel ou non

— C'était vrai ? demandé-je, incapable de résister à la question qui traîne dans ma tête depuis bien trop longtemps.

— Qu'est-ce qui est vrai ?

J'ai presque peur de prononcer les mots à haute voix, craignant qu'il ne rit ou ne me dise que c'était juste un numéro pour nous garder tous les deux en vie.

— Que tu m'aimes.

Anton garde une main sur les sacs, et son autre main s'enroule autour de ma taille, me tirant pour marcher à ses côtés.

. . .

— Bien sûr, c'est vrai. Je ne le dirais jamais si je ne le pensais pas.

— Même avec un pistolet sur la tempe ?

C'est précisément ce qui s'est passé. C'était une impulsion du moment, un scénario induit par l'adrénaline.

— Je le répéterais même sans pistolet sur la tête.

Je m'arrête de marcher et respire profondément.

— On ne sait presque rien l'un de l'autre.

Ce qu'il sait de moi était surtout une comédie. Être une danseuse exotique était loin de mon niveau de confort. J'ai eu quelques expériences au cours de mes années d'université, mais travailler pour Anton, et même danser pour lui sur son bureau, était le geste le plus audacieux que j'ai fait.

Il me serre la hanche alors que nous marchons ensemble le long de la route.

— Rien de tel que le présent.

Nous sommes pris en charge par un bad boy brun et amateur de tatouages dans l'heure qui suit. Ok, peut-être que la partie bad boy n'est pas tout à fait exacte. Il semble beaucoup plus gentil que tous les autres hommes que j'ai rencontrés.

Nous roulons pendant un peu plus d'une heure avant d'atteindre la ville de Breckenridge et de nous diriger vers la montagne, dans une partie encore plus isolée de la ville.

— Merci de nous avoir aidés, dis-je.

. . .

Je suis assise sur la banquette arrière tandis qu'Anton est assis à l'avant avec Declan.

— On n'avait pas vraiment le choix, dit Declan en riant. La famille est la famille, même quand on s'y attend le moins.

Ma gorge s'assèche.

— Tu es de la bratva ?

— Bon sang, non, souffle-t-il, consterné par ma question. Ma petite amie, Katie, sa sœur sort avec l'un des membres de la bratva. Tu la connais peut-être, elle s'appelle Lucy.

— Lucy sort avec Nikita, dit Anton en rassemblant les pièces du puzzle. Le monde est petit.

. . .

J'expire un souffle lourd et je me pince l'arête du nez. Pourquoi Nikita nous a aidé ? Par loyauté envers Anton ? N'est-il pas censé être loyal envers Mikhail ?

Je suppose que ça n'a pas d'importance. Nikita nous a gardé en vie.

— Le monde est assez petit pour qu'il ait pensé que vous envoyer ici vous garderait en sécurité. On fera ce qu'on peut pendant que vous êtes ici. On vous trouvera de nouveaux papiers et de nouvelles identités.

— C'est apprécié, dis-je.

Declan nous conduit en haut de la montagne et tourne dans le parking d'un atelier de réparation automobile.

— On est arrivés.

. . .

Il coupe le moteur et sort avant qu'Anton et moi ne descendions du véhicule.

Je jette un coup d'œil autour de moi. Nous sommes au milieu de nulle part, ce qui est bien pour se cacher mais pas si bien pour grand-chose d'autre. Il n'y a pas de vie nocturne par ici. Probablement pas grand-chose à faire non plus.

Anton prend nos sacs de Walmart dans le coffre et les porte d'une main. Il suit Declan qui fait le tour du magasin. Nous montons un escalier en bois grinçant, et Declan déverrouille la porte d'entrée, remettant les clés à Anton.

— Tu peux rester ici jusqu'à ce qu'on sache quoi faire de vous deux, dit Declan.

— Merci.

J'entre dans l'appartement au-dessus de l'atelier de réparation.

. . .

— Tu vis ici ? demandé-je, ne voulant pas le mettre dehors. Je ferme la porte après être entré en dernier et je sécurise le verrou.

— J'habitais ici avant. C'est libre en ce moment, dit Declan. C'est un une chambre, pas énorme, mais ça devrait faire l'affaire pour l'instant.

— On va faire en sorte que ça marche, dit Anton. Merci.

Declan attrape la télécommande et allume la télévision, montrant à Anton comment la faire fonctionner et nous faisant visiter l'appartement. Nous pourrions probablement nous débrouiller seuls, mais il essaie certainement d'être gentil et accueillant.

Nous sommes loin de chez nous. Les New-Yorkais sont toujours pressés. Je ne me souviens pas que quelqu'un ait jamais été aussi hospitalier avant, à moins que ce ne soit absolument nécessaire, et même là, ça manquait. Declan nous donne à chacun un téléphone portable.

— Utilisez-les pour me contacter. J'ai déjà programmé mon numéro ainsi que celui de mon bureau au cas où vous auriez besoin de quelque chose et ne pourriez pas me joindre. Où sont vos anciens téléphones portables ?

— Le mien est au travail, dis-je, en omettant la partie où il se trouve au bâtiment du FBI.

— J'ai laissé le mien à New York, dit Anton.

— Bien. Tu ne dois contacter personne de chez toi ou de ton passé. Si tu fais une erreur, la bratva viendra te chercher devant ta porte. Est-ce que c'est compris ? Declan semble pointer sa question vers moi comme si je ne savais pas quel danger m'attend.

— Compris, dis-je.

. . .

Je déglutis nerveusement lorsque je lève les yeux sur le journal télévisé du soir qui se concentre sur un segment montrant la photo d'Anton puis la mienne, détaillant les événements survenus à New York. Mon estomac se noue et je jette à contrecœur un coup d'œil à Declan.

— Tu n'as pas dit que tu étais un agent fédéral.

Il passe une main dans ses cheveux.

— Cela complique les choses car on travaille en étroite collaboration avec les forces de l'ordre locales, dit Declan.

— Tu veux que je me rende ? demande Anton.

Je ne sais pas si la question s'adresse à Declan ou à moi.

. . .

— Non ! Tu t'es rendu pour me sauver, et voilà ce qui s'est passé.

Je fais un geste vers la télévision, consternée par les accusations qui nous concernent tous les deux.

— Ce sournois d'agent Oliver Danvers voulait t'avoir. Il t'a arrêté sans t'inculper d'un crime et te transférait. Je ne serais pas surprise qu'il ait eu l'intention de fabriquer des preuves pour te garder derrière les barreaux.

Les yeux de Declan s'élargissent.

— Reste ici. Je vais envoyer une de nos équipes à l'épicerie. Rédige une liste des choses dont tu as besoin, et je te l'apporterai.

Il attrape un bloc-notes près du réfrigérateur et un stylo.

. . .

— Et quoi que tu fasses, ne laisse personne d'autre entrer.

— Il n'y a qu'un seul lit, dit Anton en jetant un coup d'œil à la chambre de l'appartement.

— Ce n'est pas grave. Tu peux prendre le canapé.

Il sourit et rit pendant que j'écris à Declan une liste de courses. Il nous a demandé de prendre une photo de la liste et de la lui envoyer par SMS quand nous aurons terminé. Après le travail, il passera avec les courses et le dîner.

— Ou on pourrait partager le lit.

Anton me fixe du regard.

. . .

— A moins que toute cette passion ne soit que de la comédie ?

Mon souffle se bloque dans ma gorge. Ce n'est pas comme si nous n'avions pas couché ensemble, mais c'était quand il pensait que je n'étais qu'une danseuse.

— Tu le pensais vraiment tout à l'heure, quand tu as dit que tu m'aimais ?

Je n'arrive toujours pas à comprendre pourquoi il l'a dit ou pourquoi il est entré dans le bâtiment du FBI pour me prévenir que Mikhail voulait me tuer.

— Je ne peux pas m'empêcher de penser à toi, d'être obsédé par toi à chaque minute de chaque heure.

Il s'affale sur le canapé, les bras tendus sur le dossier de la chaise.

Je suis tentée de m'asseoir à côté de lui, de le laisser me réconforter, et de retomber dans ce qui me semble familier.

— On m'a dit que j'avais cet effet sur les mauvais garçons.

Il glousse et me fait signe de m'approcher. Il veut que je m'assoie à côté de lui.

Il n'y a qu'un seul canapé, aucun autre meuble que la petite table à manger pour s'asseoir et regarder la télévision. L'appartement est fait pour une personne, à deux on est à l'étroit, mais c'est suffisant pour que nous restions à l'écart des radars de tout le monde.

— Est-ce que tu me vois comme un mauvais garçon ?

Est-ce qu'il essaie de flirter avec moi parce qu'il a tellement dépassé le stade du mauvais garçon que je ne suis même plus sûre de ce qu'il est ? Mais bon, il a sacrifié son bonheur pour me protéger. Il a laissé sa famille, la bratva, derrière lui pour moi.

Le mauvais garçon ne semble pas tout à fait approprié. Moralement gris, peut-être ?

— Tu es unique, dis-je.

Je ne le pense pas négativement.

Le quitter serait cruel et laisserait un énorme trou béant dans mon cœur. Peut-être qu'il n'est pas le seul à être obsédé ces derniers temps.

J'ai à peine dormi la nuit où Anton a découvert la vérité sur ceux pour qui je travaille. J'aurais dû emballer mes affaires et partir de l'appartement, mais au lieu de ça, j'ai tourné et viré jusqu'à l'aube.

Tout ce à quoi je pouvais penser était lui. Comment je l'ai blessé, trahi, et oui, c'était mon travail, mais je ne me sens pas du tout bien à propos de ce qui s'est passé.

Je m'attendais à être heureuse d'avoir éliminé la Bratva. Ce n'est pas comme ça que j'avais envisagé la mission d'infiltration, je fuyais avec l'ennemi, j'essayais de survivre.

— Tu n'es pas mal non plus, chaton, dit Anton.

Je me dirige vers le canapé et m'assois à côté de lui. Sa main caresse mon cou, ses doigts s'enroulent dans mes cheveux blonds. Nous n'avons pas encore changé d'apparence, mais je sais que ça ne saurait tarder.

— On a quelques heures avant le retour de Declan. Tu veux t'allonger et te détendre ? Je pourrais te mettre ces menottes en métal.

Son regard fait s'emballer mon cœur à toutes les positions que nous pourrions explorer dans cette chambre, juste tous les deux.

— Dommage que je les ai laissées à l'arrière de la camionnette, dis-je.

Il se penche légèrement en avant. Nos lèvres se touchent presque, mais il ne m'embrasse pas. La chaleur entre nous grésille, et je respire, m'imprégnant de son odeur masculine. J'ai envie de le chevaucher, de passer mes doigts dans ses cheveux et de l'embrasser fort.

— C'est dommage, dit-il, son regard ne quittant pas le mien.

Ses yeux se sont assombris, et il se déplace légèrement sur le canapé.

— Je tiens à toi, Savannah.

La façon dont il dit mon nom fait exploser mes entrailles. J'ai chaud, la pièce est chaude, et je dois lui rappeler que nous devons être prudents. N'importe qui aurait pu nous voir entrer dans l'appartement ensemble. La police pourrait arriver à tout moment et défoncer la porte.

Sauf que nous sommes au milieu de nulle part, à des centaines de kilomètres de New York.

Personne ne vient.

C'est juste nous deux, seuls.

Et je vais devoir faire face au fait qu'Anton est assis à côté de moi, et que je ne l'ai pas encore embrassé. Je veux le désirer plus que tout, mais je suis déchirée. Depuis le début, c'est un acte, quelque chose que j'ai fait pour le travail, pas pour moi.

Ne vous méprenez pas. J'ai apprécié chaque minute de lui nu. Je dois accepter que tout ce qui se passe à partir de maintenant est entièrement parce que c'est ce que je désire.

Ça me fait peur.

Pourquoi ?

Je n'ai jamais eu de relation sérieuse. J'ai eu des rendez-vous et j'ai joué un peu sur le terrain, mais je n'ai jamais été follement amoureuse. Et le désir qui se développe en moi est quelque chose d'étranger. C'est nouveau et peu familier. Bien que j'aie mis ça sur le compte du travail et de ma nervosité lorsque je dansais pour lui et que je couchais avec lui auparavant, je ne peux plus me mentir.

Il n'est pas le seul à être obsédé.

Je suis juste terrifiée par les répercussions. J'ai quitté mon travail au bureau et je suis en fuite avec un criminel.

Qu'est-ce que j'ai fait ? Ma respiration augmente. Cette fois, ce n'est pas de l'excitation mais de la peur.

Anton sent que quelque chose ne va pas. Ses sourcils se froncent, et il caresse doucement mon cou de la main.

— Qu'est-ce qui ne va pas ?

— Ce n'est pas ce pour quoi j'ai signé, murmuré-je, penchée en avant, la tête entre les mains.

— Tu n'as jamais pensé qu'ils seraient les méchants quand tu as rejoint le FBI ?

— On doit faire tomber cet agent secret.

— Et comment ?

. . .

Anton est plus sage que son âge. Il est calme et rationnel alors qu'il m'écoute parler.

Honnêtement, je ne sais pas. Si je collabore avec Barrett ou quelqu'un d'autre au bureau, ils sauront où nous sommes, mettant Anton en danger. Je ne peux pas lui faire ça, pas après qu'il ait risqué sa vie pour sauver la mienne.

Sa main est douce contre mon dos, apaisante.

J'expire un long soupir, et il me tire contre lui, m'embrassant.

— Je jure que je ne laisserai rien t'arriver

Bien que j'apprécie le sentiment, je suis probablement mieux équipée en termes de compétences et d'entraînement pour le protéger.

— Je sais, en offrant un faible sourire.

. . .

— Et si on prenait la boîte de teinture et les ciseaux à cheveux ?

Ses mots sont comme une boule de plomb au creux de mon estomac. Si nous voulons être méconnaissables, nous n'avons pas vraiment le choix. Surtout avec nos photos qui sont diffusées dans les médias nationaux.

Anton prend ma main et m'escorte jusqu'à la salle de bain. Elle n'est pas difficile à trouver dans le petit appartement douillet au-dessus de la boutique.

— Couleur ou coupe en premier ? demande-t-il.

J'ouvre la boîte de teinture pour cheveux et jette un coup d'œil aux instructions.

— Couleur. Mes cheveux doivent être secs, et c'est mieux de couper des cheveux mouillés.

. . .

— Veux-tu que je t'aide à colorer tes cheveux ?

— Je peux le faire. Assure-toi juste que je n'oublie aucun endroit quand j'aurai fini.

Je me déshabille, gardant seulement mon soutien-gorge et ma culotte. Je prépare le mélange, et le regard d'Anton s'attarde sur mon corps un peu plus longtemps que prévu.

— Tu n'as pas des trucs à faire ? demandé-je, en faisant un geste vers le sac.

Il doit encore raser sa barbe.

Sa lèvre supérieure s'agite. Anton ne semble pas le moins du monde satisfait de mon rappel, mais il attrape le rasoir électrique et le déballe, le branchant pour charger l'appareil.

— Il doit être chargé, murmure-t-il dans son souffle.

. . .

Je n'imagine pas qu'il soit déçu d'attendre. Son regard revient sur moi ou, plus précisément, sur mon corps, alors qu'il m'observe avec la teinture pour cheveux.

J'ai étalé suffisamment de teinture de la racine à la pointe en quelques minutes. Heureusement, les gants en plastique empêchent mes mains d'être tachées de rouge.

— Et maintenant ? demande-t-il.

— On attend. Mets une minuterie, lui dis-je.

Je lui donne l'information avant de m'asseoir sur le couvercle fermé des toilettes. La dernière chose que je veux est de traîner de la couleur de cheveux dans l'appartement et de tacher le canapé de Declan. Il a été assez généreux pour nous laisser squatter ici pour le moment. Je ne veux pas ruiner ses affaires.

. . .

— Juste attendre ? demande Anton, ses lèvres se retroussant en un sourire en coin.

— Qu'as-tu d'autre en tête ?

— Je pense à plusieurs choses, dit-il en ricanant.

— Ça n'arrivera pas. Si on enduit ses murs de teinture rouge, on n'aura pas à s'inquiéter des fédéraux ou de la bratva. Declan va nous tuer.

— Tu t'inquiètes trop, dit Anton en s'approchant. Je parie qu'on peut empêcher la teinture de se répandre partout.

— Tu n'as clairement jamais coloré tes cheveux. Tu veux avoir de la teinture rouge sur ta peau ?

Il presse ses lèvres l'une contre l'autre comme s'il n'avait même pas envisagé cette option.

. . .

— Si ça veut dire que tu m'appartiens, je suis d'accord avec ça.

— Ce n'est pas la réponse que j'attendais, dis-je. Il faut que le rouge ait l'air naturel. Si tu te promènes avec de la teinture rouge sur les mains et...

Il m'interrompt.

— Je pourrais porter des gants.

Il est persistant, je lui accorde ça.

— Tu veux dire les gants que j'ai jetés ?

— Je suis sûr qu'il y a une autre paire quelque part par ici.

. . .

Il est penché et tripote le meuble sous l'évier.

— Tu veux juste fouiner, dis-je.

Il ferme l'armoire, ne trouvant pas ce qu'il cherche à l'intérieur.

— Si je fouinais, je fouillerais dans l'armoire à pharmacie. Pas une mauvaise idée.

Il se lève et ouvre l'armoire à pharmacie, jetant un coup d'œil aux produits de toilette.

De ma position assise, il n'y a aucune trace de médicaments sur ordonnance, juste quelques antiacides et des analgésiques en vente libre.

— Rien d'excitant, marmonne-t-il.

— Tu as l'air déçu.

Le minuteur sonne sur sa montre.

— Le temps est écoulé, dit-il. L'heure de la douche ?

Le sourire grandit sur son visage.

— Oui, mais donne-moi cinq minutes d'avance pour rincer la teinture ?

Anton gémit comme s'il était une bombe à retardement et qu'il risquait d'exploser s'il ne pouvait pas sauter sous la douche bientôt avec moi.

— Cinq minutes ? C'est long.

— Ca ne l'est pas.

Je me lève et ouvre le robinet, prépare la douche et m'assure que la température est assez élevée.

J'enlève les derniers vêtements que je portais, et Anton gémit.

— Tu vois quelque chose qui te plaît ?

Je le taquine par-dessus mon épaule.

Sa mâchoire est ouverte, et bien qu'il ait déjà tout vu, c'est comme s'il n'en avait jamais assez. Je connais ce sentiment, je veux dévorer chaque centimètre de lui aussi, mais l'un de nous deux a un peu de self-control.

— Rentre là-dedans. Tu me tues, chaton.

Je ricane et pousse le rideau sur le côté en entrant dans la douche. Je penche la tête en arrière sous le jet et trempe mes cheveux, laissant couler l'eau jusqu'à ce qu'elle soit claire.

. . .

— Cinq minutes, dit Anton, sans attendre que je lui dise que je suis prête.

Il tire le rideau et glousse.

— On dirait qu'il y a eu un massacre ici.

Des gouttes de teinture rouge sont sur les murs de la douche et dégoulinent sur mon corps.

— Ce n'est pas si grave.

Il attrape le jet de la douche - la pomme de douche est amovible - et asperge les murs, puis ma peau, pour enlever toute trace de teinture rouge.

— Tourne-toi, me dit-il.

. . .

Je fais ce qu'il dit, je me retourne, et il continue à tremper mes cheveux avec la pomme de douche, laissant l'eau s'égoutter sur mon corps, puis elle tourbillonne dans le drain.

— J'ai entendu dire que cela pouvait faire hurler une femme, dit Anton, en tenant la poignée de la pomme de douche dans sa main.

Je glousse à sa remarque.

— Pas aussi fort que toi.

Je retourne pour déposer un baiser sur ses lèvres.

Il rattache la pomme de douche avant que ses lèvres ne soient sur les miennes, ses mains entourent ma taille, me tirant contre lui.

Il est à peine mouillé, et je le trempe, ma peau humide pressée contre la sienne. Je recule, l'entraînant avec moi sous le jet d'eau.

. . .

— On a tous les deux besoin d'être nettoyés, dis-je.

La saleté et la crasse glissent sur son corps. Nous sommes couverts de la crasse des bois. Il tente de cacher sa grimace lorsque l'eau atteint sa jambe, où une balle a effleuré sa chair. La blessure n'est pas profonde, mais elle brûle encore probablement, et l'eau qui martèle sa peau ne va pas atténuer sa douleur.

J'attrape le savon et le fais mousser dans mes mains. Anton me fait tourner sur moi-même, mon dos contre sa poitrine. Il pousse mes cheveux d'un côté, ses lèvres tombant contre mon cou en de doux baisers.

— Il faut qu'on se lave, dis-je. Avant que Declan ne revienne.

— Il sera là dans quelques heures. Je doute qu'il y ait une épicerie près d'ici.

. . .

Je ne suis pas aussi confiante, mais je suis heureuse d'accepter sa réponse comme un fait. J'aimerais qu'il ait raison, car cela signifie que nous avons l'endroit pour nous et pour faire ce que nous voulons.

Ses lèvres s'écrasent contre mon cou, et du fond de ma gorge, un ronronnement profond s'échappe, involontaire.

— C'est mon chaton, dit-il en grognant dans mon oreille.

Ses mots provoquent un frisson le long de ma colonne vertébrale, qu'il a sans aucun doute remarqué et dont il est plutôt satisfait.

— On devrait finir avant que l'eau ne refroidisse, gémis-je en essayant de conserver un semblant de pensée rationnelle.

— On pourrait faire ça, dit-il. Ou alors j'ai quelques autres idées qui seront bien plus agréables.

. . .

— Je n'en doute pas, dis-je.

Je me retourne, mes bras glissant autour de son cou.

— Mais d'abord, je dois mettre l'après-shampoing spécial dans mes cheveux.

Il fronce le nez en riant.

— Tu essaies de me dire quelque chose ?

— Comme quoi ?

J'embrasse rapidement ses lèvres avant de me démêler de son corps. J'attrape le petit tube d'après-shampoing et l'étale sur mes mains avant de le passer dans mes mèches.

. . .

— Laisse-moi t'aider, dit-il.

Ses doigts passent dans mes cheveux, et mes yeux se ferment instantanément. Son toucher est merveilleux, doux mais ferme. C'est relaxant, surtout après ce que nous avons enduré récemment. Avec Anton, je me sens en sécurité et protégée.

L'eau commence à couler froide et claire. Nous finissons de nous doucher et prenons tous les deux une serviette moelleuse pour nous sécher. Je garde la serviette autour de ma poitrine tandis que celle d'Anton est autour de sa taille. Il s'habille assez rapidement avec les nouveaux vêtements que nous avons achetés, un jean et un t-shirt noir. Je jure que je ne l'ai jamais vu aussi sexy. Enfin, sauf quand il est nu.

Une fois Anton habillé, je garde la serviette autour de moi pendant qu'il me coupe soigneusement les cheveux, plus courts, centimètre par centimètre. Je lui donne des indications, lui expliquant ce que fait la coiffeuse chez moi et comment elle me coupe les cheveux.

Il ne veut pas en enlever trop, et je peux dire qu'il est prudent et méthodique.

— Tu as déjà fait ça avant ? demandé-je.

— Je n'ai généralement pas l'habitude de traîner autour des jolies dames et de couper leurs mèches, non.

Un sourire en coin orne son visage tandis qu'il se tient devant moi, vérifiant la longueur, s'assurant que mes cheveux sont réguliers.

— Je vais devoir en couper plus. Tu ressembles encore trop à toi.

Ce ne serait pas grave si nous n'essayions pas d'échapper aux fédéraux et à la bratva.

— Vas-y. Je te fais confiance.

. . .

Il me fixe du regard.

Je prends une grande inspiration.

Dois-je faire confiance à Anton ?

J'ai mis ma vie entre ses mains, en traversant le pays, en me cachant avec lui dans les montagnes du Montana. J'aurais pu m'enfuir, le quitter, et retourner au FBI.

Je n'avais rien fait de mal. J'ai été prise en otage, mais l'histoire que nous avons vue à la télévision m'a fait passer pour une personne impliquée. Que j'avais peut-être quelque chose à voir avec l'évasion d'Anton et son interception par la bratva.

Qui était derrière ce reportage ? Cet agent de merde avait-il décidé de me montrer du doigt pour protéger sa carrière et sa réputation ?

— Tu as l'air énervée, dit Anton.

. . .

Il continue à couper la longueur supplémentaire, centimètre par centimètre, se promenant pour s'assurer que c'est égal, ou presque égal, avant d'opter pour plus court.

— Je n'arrête pas de penser à cette fouine de sac à merde.

Anton sourit.

— Tu devrais maudire plus souvent.

— Tu te moques de mes insultes ?

Je lui jette un regard en arrière.

Il me fait signe de me retourner alors qu'il se tient derrière moi.

— Arrête de bouger, ou tu vas te faire couper la tête.

. . .

— Ne t'approche pas de mes cheveux avec ce truc, dis-je en désignant le comptoir où la tondeuse est toujours branchée.

La lumière rouge clignote alors qu'elle continue de se charger.

— Relaxe.

J'essaie de suivre son conseil, mais ce n'est pas si facile. Quand il a enfin fini de me couper les cheveux, je saute à nouveau sous le jet de la douche pour rincer tous les cheveux supplémentaires qui s'accrochent à moi.

Je n'y passe que quelques secondes car l'eau chaude a à peine eu le temps de se renouveler. Elle n'est pas encore glacée, mais elle le sera bientôt.

Je ferme la douche et sors. Anton se taille la barbe devant le lavabo.

. . .

— Est-ce que tu as assez de charge ?

— On verra bien.

Il parvient à tailler sa barbe à zéro avant que le rasoir électrique ne rende l'âme et doive être rebranché.

Anton grogne.

J'ai envie de lui dire qu'il aurait dû attendre plus longtemps. Il doit encore se couper les cheveux, même si je ne suis pas sûre de la quantité qu'il compte enlever. Ce n'est pas comme s'il avait les cheveux longs comme moi avant qu'il ne les coupe.

Je m'habille avec un jean foncé et une chemise blanche avec un léger imprimé floral. La chemise est mignonne mais ce n'est pas ce que je porte habituellement. Peut-être qu'elle correspond mieux à ma nouvelle personnalité. Est-ce que Declan va insister pour que l'on change de nom tous les deux ? Je n'arrive pas à imaginer que nous puissions continuer à être Savannah et Anton quand nous avons l'impression que tout le monde est après nous.

J'enroule mes cheveux humides dans une serviette pour empêcher la teinture de se transférer sur la chemise blanche fraîche. Nous devrons probablement à Declan quelques serviettes, au minimum, en plus d'un énorme merci pour nous avoir aidés.

Je cherche dans l'appartement, trouve quelques outils de nettoyage dans le placard, puis balaie les cheveux et les jette dans un sac à la poubelle. Une fois qu'Anton a terminé, il reste encore beaucoup à faire, mais au moins une partie est nettoyée.

Quand j'ai fini, je m'effondre sur le canapé, épuisée.

Le rasoir électrique bourdonne bruyamment depuis la salle de bain alors qu'Anton se coupe les cheveux, essayant de changer son apparence comme je l'ai fait. Quand il s'éteint, je l'entends jurer. J'essaie de ne pas rire.

— Encore à court de batterie ?

Il n'est pas incroyablement patient en attendant que la tondeuse se recharge.

Il a la moitié de la tête taillée, et l'autre moitié est encore pleine de cheveux.

— Joli look.

J'essaie de me retenir de rire.

— Ça ne va pas me garder sous le radar, murmure-t-il.

— On ne va nulle part pendant un moment. Laisse-la finir de se charger.

Je lui fais signe de prendre place sur le canapé à côté de moi.

Il s'affale, se collant contre moi. Je me retourne pour lui faire face, mes doigts passant dans ses cheveux et taquinant sa nuque.

. . .

— Je te jure que si tu me dis que je suis sexy comme ça et que je dois garder mes cheveux comme ça, je vais crier.

Je déplace mon poids vers l'avant, mes lèvres effleurant les siennes.

— Je n'étais pas sur le point de suggérer ça, chuchoté-je contre ses lèvres.

— Tu allais suggérer autre chose ? Parce que je pourrais être d'accord avec ça.

Il lève un sourcil.

Son regard brûlant me fait frissonner, et il me tire sur ses genoux. Je peux sentir son érection pressée contre son jean, essayant de se libérer.

— Tu as un faible pour les rousses ?

. . .

— Juste une, confesse Anton. Elle pourrait être chauve, et j'aurais toujours envie d'elle.

Je fais glisser mes hanches contre les siennes.

Anton gémit, et ses mains caressent mes hanches, glissant brièvement sous ma chemise. Son toucher est chaud et méthodique. C'est à la fois calmant et excitant, et mon corps s'emballe.

Ce n'est plus une mission. Ce n'est pas juste un homme avec qui je couche pour avoir des informations. Franchir cette ligne à nouveau, c'est pour moi, parce que c'est ce que je veux. Il est ce que je veux.

— Tu m'as provoqué tout l'après-midi, dit Anton.

Son visage est rouge, et je peux sentir son urgence. Je le sens aussi, en manque d'affection, désespérée, voulant être libérée plus que tout.

Ses doigts caressent le bout de mon oreille, taquinant le lobe avant que sa bouche ne suce mon cou. Je gémis et me tortille, mes entrailles se réchauffent sous l'effet de ses gestes.

— Tu aimes ça ? murmure-t-il dans mon cou.

Je marmonne de façon incohérente, et mes paupières deviennent lourdes. J'ai chaud. L'appartement est étouffant, mais je pense que cela a plus à voir avec la présence d'Anton qu'avec la température de la pièce.

Il démêle la serviette de mes cheveux et la laisse claquer sur le sol. Il guide ma chemise vers le haut et au-dessus de ma tête. Il pince l'arrière de mon soutien-gorge, détache le dispositif métallique, et fait glisser les bretelles sur mes épaules.

Je soulève mes hanches assez longtemps pour déboutonner mon jean et le laisser tomber sur le sol en un tas.

. . .

— Tu es trop habillé, dis-je en me plaignant du fait que je suis presque nue et qu'il est tout habillé.

— C'est toi qui es sexy, murmure-t-il contre mon oreille en tirant sur le lobe inférieur.

Je gémis, et mes entrailles fondent à cause de ses mots.

— Déshabille-moi, ordonne Anton.

Je m'exécute volontiers. Mes doigts effleurent ses abdominaux tandis que je soulève le t-shirt noir par-dessus sa tête, le jetant derrière le canapé sur le sol au milieu de la pièce. Je soulève mes hanches et me balance d'un côté de lui pendant que je l'aide à enlever son pantalon et son caleçon.

— C'est une bonne fille, dit-il, heureux que j'aie suivi ses ordres.

. . .

La façon dont il dit « bonne fille » fait battre mon cœur et me fait défaillir. Mes doigts descendent vers sa queue, et je le titille, le rendant anxieux alors qu'il attend que je le touche.

— Je veux sentir ta bouche autour de moi, dit Anton.

Je tombe à genoux et le prends dans ma bouche, léchant et suçant sa tige.

Ses doigts s'emmêlent dans mes cheveux. J'écoute ses gémissements et je lèche et goûte chaque centimètre de son corps.

— Bonne fille, grogne-t-il.

Les sons qu'il émet me font déjà souffrir et mouiller pour lui. Je n'ose pas admettre à quel point je suis excitée en le suçant. Cela avait toujours été une corvée, pas nécessairement un désir.

Mais avec Anton, j'aime regarder son visage, écouter ses sons, et faire plaisir à cet homme.

Il se débat.

— Stop.

Il détourne ma tête, et je gémis en signe de protestation.

— Pas encore, dit-il, en haletant pour respirer.

Mon cœur bat à tout rompre contre ma poitrine alors que j'enlève ma culotte et que je me tiens complètement nue pour Anton. J'enjambe ses hanches, sa bite lisse et avide alors que je l'enjambe.

J'halète quand il me remplit, mes doigts s'enfoncent dans son épaule à cause de sa taille. Ce n'est pas comme si nous n'avions pas fait ça récemment, mais il semble toujours m'étirer à chaque fois, provoquant un mélange de douleur et de plaisir.

. . .

— Putain, chaton, grogne-t-il dans mon oreille alors que je commence à pousser.

Sa bite est serrée à l'intérieur de ma chaleur, et j'utilise mes mains sur ses épaules comme levier pour me retirer lentement avant de le remettre en moi.

Je jure que cet homme va exploser avant moi, et il fait tout pour garder le contrôle.

— C'est bon ? demandé-je, même si je suis sûr que je connais déjà la réponse.

— Mon dieu, oui, murmure-t-il.

Anton se bat pour garder les yeux ouverts. Ses lèvres sont entrouvertes, et il se penche, les écrasent contre les siennes.

— Putain, oui.

. . .

J'ai mal à l'intérieur de moi, avec une douleur lancinante qui me parcourt. Je me serre contre sa bite, mes orteils se recroquevillent, et je halète à chaque nouvelle vague d'euphorie qui m'envahit comme une vague dans l'océan.

Il mord mes lèvres, et je ne peux pas dire si c'est intentionnel ou si c'est son besoin de se libérer qui le rend presque délirant.

Je gémis et frissonne en luttant pour garder les yeux ouverts, en le regardant. Il est magnifique, chaque centimètre de son corps. J'halète et je gémis, sans faire le moindre bruit. Je veux qu'il sache que j'apprécie ce moment avec lui et ce qu'il me fait ressentir.

— Viens pour moi, murmure-t-il à mon oreille.

Il se débat pour ouvrir les yeux, et ses lèvres s'écrasent contre les miennes. Ses hanches se balancent et se poussent contre les miennes, me rendant folle. Ses doigts se tendent autour de moi, caressant mon clitoris en rythme avec chaque poussée, tandis que je le fais entrer et sortir de moi.

Je halète et gémis alors que des feux d'artifice illuminent le ciel nocturne. Je jure que mon cœur pourrait bondir hors de ma poitrine, il bat si fort contre ma cage thoracique.

Je m'effondre contre lui tandis qu'il grogne et gémit, me rejoignant dans l'oubli.

Haletante, j'essaie de reprendre mon souffle, je glisse du corps d'Anton et je m'allonge sur le canapé, posant mes jambes contre lui.

Il glousse, et ses doigts écartent mes cuisses.

— C'est une allusion ? demande-t-il, ses doigts trouvant mon humidité.

— Ce n'était pas le cas, avoué-je. Mais maintenant que tu le dis...

— Quel est le plus grand nombre de fois où tu as eu un orgasme en une nuit ? demande Anton.

— Avec un partenaire, deux ou trois.

. . .

Il sourit sauvagement.

— Et toute seule ?

— Je n'ai pas vraiment compté.

Ce n'est pas un secret que j'ai un vibromasseur. Anton l'a déjà vu.

— Le deux ou trois est un record facile à battre. Et si je te faisais jouir jusqu'à ce que tu n'en puisses plus ?

Il sourit avec une lueur dans les yeux.

— Tu me dis quand tu en as assez.

QUATORZE

ANTON

Plus tard dans la soirée, après que Savannah ait été rassasiée, je finis de me raser les cheveux et je nettoie le désordre dans la salle de bain. Nous nous habillons, bien qu'elle n'ait pas envie de porter autre chose que le t-shirt que je portais plus tôt. Il lui va bien, même si je n'ai pas assez de vêtements.

On frappe fermement à la porte.

Je jette un coup d'œil par le judas avant de déverrouiller l'entrée.

. . .

— C'est Declan, dis-je à Savannah.

Elle se précipite dans la chambre. Je suppose pour mettre un pantalon puisqu'elle se promène encore avec mon seul t-shirt. Je m'en fiche, mais Declan n'a pas besoin de la voir à moitié nue.

Declan nous apporte plusieurs sacs de provisions, des plats à emporter et de la nourriture chinoise pour le dîner. Mon estomac gargouille.

Savannah revient à la cuisine, portant un nouveau short de pyjama avec des cœurs partout. Il est adorable, et en même temps, j'ai envie de les lui arracher. Mais nous avons de la compagnie.

— Il y a le dîner sur la table, dit Declan en désignant le sac de plats à emporter.

Je mets autant de provisions que possible dans le réfrigérateur pendant qu'il prend des assiettes et des couverts pour nous, ainsi que deux verres.

. . .

— Tu te joins à nous ?

Il a juste sorti assez de vaisselle pour deux.

— Pas pour manger, dit Declan. Mais j'espérais que tous les trois on pourrait discuter de la situation un peu plus en détail.

— Bien sûr, dit Savannah en tirant les cartons de nourriture du sac en papier brun. Que veux-tu savoir ?

— Je peux vous obtenir de nouvelles identités. C'est la partie facile. Y a-t-il autre chose que mon équipe ou moi pouvons faire pour vous aider ?

— Ton équipe ? demandé-je.

Declan s'éclaircit la gorge.

. . .

— Je travaille pour Tactique de l'Aigle. Nikita ne l'a pas mentionné ?

Le silence s'ensuit.

— Ok, je ne suis pas surpris. On est une organisation qui aide quand il s'agit de négociations d'otages, de sécurité privée, de missions de sauvetage, ce genre de choses. On travaille en étroite collaboration avec la police locale, ajoute-t-il.

Il l'avait mentionné plus tôt.

— Votre relation avec la police locale est-elle un problème ?

Savannah me lance un regard.

Est-ce qu'elle pense que je vais tuer le gars ? Il nous aide. Je n'ai aucune raison de lui faire du mal tant qu'il peut garder notre identité et notre localisation secrètes.

— Cela dépend. J'ai besoin de la vérité de vous deux. Que s'est-il passé à New York ?

Nous racontons l'histoire en détails à Declan. Il est assis en face de nous à la table de la cuisine pendant que nous dévorons le dîner. Aucun de nous n'a mangé grand-chose de la journée. Entre le voyage et notre arrivée, il n'y a pas eu beaucoup d'occasions.

— Je vais devoir consulter l'équipe, dit Declan.

— Consulter ? Pourquoi ? demande Savannah.

Ses sourcils sont froncés, et elle a l'air aussi confuse et inquiète que je le suis.

. . .

— Est-ce nécessaire ? demandé-je. Moins il y a de personnes impliquées, mieux c'est.

— Je peux m'occuper de la plupart des documents, vous obtenir de nouvelles identités, des passeports, ce genre de choses. Mais si vous voulez que l'agent du FBI soit traduit en justice, ça ne peut pas être fait en secret.

— Ça ne doit pas l'être, sinon on risque que d'autres personnes sachent où nous sommes ? dit Savannah.

— Je voulais dire juste moi sachant. Je fais confiance à mon équipe, et vous devriez aussi.

— Je ne les connais pas, dis-je.

Non pas que je connaisse Declan, mais il m'a été hautement recommandé. Les autres n'ont pas été mentionnés.

. . .

— Eh bien, je peux t'assurer qu'ils n'ont aucune relation avec tes amis de la bratva.

— Anciens amis, dis-je. Ils veulent nous tuer tous les deux.

— Exact, dit Declan en hochant la tête. Ils ont des ressources, mais ils sont liés aux grandes villes. D'après ce qu'on sait, des endroits comme Chicago et New York. Il est peu probable qu'ils vous trouvent à Breckenridge, tant que vous suivez mes instructions et n'utilisez pas votre ancien téléphone portable ou ne contactez personne chez vous.

— Et qu'en est-il de cette fouine d'agent Danvers ? demande Savannah. Il pourrait avoir des liens avec vos amis ou les forces de l'ordre locales. Et si on sait qu'il est véreux, on ne sait pas qui d'autre pourrait l'être au FBI.

— Y a-t-il quelqu'un en qui tu peux avoir confiance au FBI ? demande Declan.

. . .

Je secoue la tête.

— Absolument pas.

Savannah ouvre la bouche et soupire.

— Mon agent de supervision, il n'a jamais montré aucun signe de malhonnêteté.

— Mais tu ne sais pas si on peut lui faire confiance. Il devra faire un rapport à ses supérieurs s'il apprend où on est. S'il est aussi honorable que tu le dis, il ne nous laissera pas rester cachés.

Elle soupire et ferme ses lèvres. Elle sait que j'ai raison. Savannah peut s'en sortir indemne, mais je serai un homme mort.

. . .

— Je peux partir, dis-je. Garde Savannah ici, protège-la, et je m'enfuirai. Occupe-toi de la situation de l'agent Danvers, et on pourra se revoir dans le futur.

En supposant qu'elle veuille toujours être avec moi après avoir eu l'opportunité de récupérer son travail et peut-être même de faire avancer sa carrière.

— Non.

Sa voix coupe toutes les pensées de mon esprit.

— On fait ça ensemble. Si je vais au bureau de New York ou n'importe quel autre bureau de terrain, la bratva peut tout aussi bien me trouver. Bon sang, ils pourraient même s'attendre à ce que j'aille faire une déclaration sur Nikita qui a tiré sur Dmitri.

— Sauf que, la bratva pense que j'ai tiré sur Dmitri.

. . .

— Je ne vais pas te laisser derrière. Et on ne contactera pas le FBI.

Declan passe une main dans ses cheveux.

— Ok. Je dois quand même informer l'équipe avec laquelle je travaille de votre situation.

— Pourquoi ?

Je pose ma fourchette, je n'ai plus faim.

— On te fait confiance parce que tu es très bien vu par Nikita. Je ne connais pas tes hommes, et je ne peux pas leur faire aveuglément confiance.

— Eh bien, vous allez devoir le faire, dit Declan.

. . .

Il se lève de la table de la cuisine, clairement frustré que nous ne soyons pas d'accord avec ses plans. Je ne suis pas sûr de ce qu'il compte faire par rapport à la situation, mais il est clair qu'il ne va pas garder ça entre nous trois.

Savannah pose une main sur mon bras, essayant de me rassurer, ou peut-être a-t-elle peur que j'arrête Declan et le tue avant qu'il ne puisse parler de nous à son équipe. Pour ce que j'en sais, il leur a déjà parlé de nous.

— Quel est le plan ? demande Savannah. Après que tu aies parlé de nous à ton équipe ?

— On travaillera pour découvrir tout ce qu'on peut sur cet agent du FBI véreux. Passer au peigne fin ses finances ainsi que ses affaires précédentes et actuelles. Il y a presque toujours une trace écrite ; si on nous donne assez de ressources et de temps, on pourra la trouver. Malheureusement, ce n'est pas quelque chose que je peux faire seul.

. . .

— Même après avoir coincé Danvers, il n'y a aucune garantie que nos deux noms soient blanchis, dis-je.

— On doit essayer.

Savannah me regarde fixement.

— Ca ne va pas améliorer les choses avec la bratva.

Ne réalise-t-elle pas que même si elle arrange les choses avec son ancien employeur, elle ne peut pas revenir en arrière ?

— Il a raison, dit Declan. On ne peut pas empêcher la bratva de mettre une cible sur vos deux têtes. Mais en vivant ici, ils ne vous trouveront pas. On va s'en assurer.

J'aimerais être aussi confiant que Declan concernant la Bratva.

. . .

— Nikita sait où on est, et même s'il est de notre côté maintenant, combien de temps cela va-t-il durer ?

Je n'aime pas rester assis quand nous pouvons être chassés à tout moment.

— Tu ne fais pas confiance à ton ami ? demande Declan. Parce que tu es venu ici sous son autorité.

— Declan a raison. Nikita ne nous vendra pas. S'il le faisait, il creuserait sa propre tombe parce qu'il a tiré et tué Dmitri.

J'expire un souffle lourd.

— J'espère que vous avez tous les deux raison.

. . .

Je suis enclin à prendre nos papiers et à quitter la ville à la première occasion. Mais où irions-nous, et jusqu'où pourrions-nous aller ? Nous avons besoin d'aide. Je n'ai pas accès à mes finances, et Savannah non plus.

— Vous allez rester ici temporairement. On va installer des équipements de surveillance sur et autour de la propriété, ainsi qu'un système d'alarme. Je peux vous assurer que vous serez tous deux en sécurité, dit Declan.

Les épaules de Savannah semblent se détendre, elle lui fait confiance.

Je veux faire confiance à Declan, mais j'ai déjà été trahi auparavant. Non pas que je pense qu'il nous ait intentionnellement trompés. S'il avait voulu faire ça, il aurait déjà pu informer la police ou le bureau de nos allées et venues.

Au lieu de ça, il nous a apporté le dîner et des provisions.

Cet homme semble être du bon côté de la loi et honnête, ce qui n'est pas de bon augure pour moi. Non pas que les fédéraux aient une once d'informations sur moi. Savannah jure qu'elle ne leur a rien donné, ce qui signifie que tout ce qu'ils ont inventé doit être un mensonge.

— Et qu'en est-il des emplois ? On aura besoin d'argent puisqu'on ne peut pas accéder à nos comptes, demandé-je.

Je me doute que Declan est déjà en train de penser à l'avenir, mais je veux quand même m'assurer que tout est planifié et comptabilisé en conséquence. Ce n'est pas comme si je pensais aussi loin.

— Si vous restez à Breckenridge, je suis sûr que les compétences de Savannah seront utiles à notre équipe. Je ne peux rien vous promettre, mais je pense que nous pourrions trouver une sorte d'opportunité pour elle.

. . .

Declan me regarde fixement.

— Quelles sont les compétences que tu as qui peuvent t'aider à gagner ta vie honnêtement ?

J'essaie de ne pas être offensé par sa question.

— J'ai dirigé un club à New York. Je m'occupais de la comptabilité du club et des salaires.

— J'en étais sûr, murmure Declan un peu trop fort. Je peux me renseigner. En supposant que vous restiez tous les deux en ville.

— On peut en parler ? demandé-je, voulant en discuter avec Savannah un peu plus en profondeur.

Declan se dirige vers la porte d'entrée.

. . .

— Oui, faites-moi savoir ce que vous avez décidé tous les deux.

QUINZE

SAVANNAH

Six semaines plus tard

Je suis naturellement tombée dans une routine, qui a commencé il y a quelques semaines avec Declan au siège de Tactique de l'Aigle. Leurs bureaux sont neufs, fraîchement peints et plus grands que leurs anciens locaux.

Du moins, c'est ce que dit Ariella, l'une des autres filles qui travaille pour l'équipe. Elle est sympathique et douce et a été assez gentille pour ne pas poser de questions sur mon passé.

Sait-elle qu'il ne faut pas demander ou a-t-elle ses propres secrets ?

— Savannah, mon bureau, dit Declan en me faisant signe d'entrer dans son bureau pour parler.

Le propriétaire de Tactique de l'Aigle, Jaxson Monroe, est déjà dans le bureau.

— Nous avons des nouvelles, dit Jaxson.

Il s'est occupé de l'affaire Danvers, aidant à faire des trous dans le dossier hermétique du bureau contre Anton et moi.

— De bonnes nouvelles ? demandé-je, espérant qu'ils aient trouvé quelque chose d'incriminant contre l'homme.

. . .

J'entre dans le bureau et ferme la porte derrière moi.

— Oui, et non, dit Jaxson. Des dépôts massifs vont sur un compte offshore à son nom, mais ils ne sont pas d'origine illicite comme on pourrait le penser.

— D'où viennent-ils ? demandé-je.

— Nous sommes toujours en train de creuser l'affaire, mais nous avons d'autres nouvelles sur le front de la bratva, dit Jaxson.

Il jette un coup d'œil à Declan pour qu'il développe.

— Nous avons pensé qu'il était préférable de surveiller toutes les communications entre les Bratva russes à New York, dit Declan. Nous avons des enregistrements audio entre Madisyn et Mikhail.

. . .

Je presse mes lèvres l'une contre l'autre. Je connais Madisyn. Nous travaillions ensemble au FBI.

— Madisyn sait-elle que j'ai disparu et que la bratva a ordonné mon meurtre ?

J'inspire nerveusement, je ne suis pas sûre d'être prête à entendre la réponse.

— Oui, elle est au courant, et d'après ce que je peux dire, elle est de ton côté, dit Jaxson. Il y a une faille qui se forme au sein de l'organisation bratva. Mikhail se heurte aux autres membres qui remettent en question ses motivations et ses décisions.

— Que suggérez-vous ?

— Nous pouvons te demander de prendre contact avec Madisyn. Elle pourrait être en mesure d'interférer avec Mikhail et de le faire se retirer. Mais en faisant cela, tu devras probablement lui dire la vérité à propos de Nikita qui a tiré et tué Dmitri.

J'expire un souffle lourd.

— Vous voulez que j'échange une vie contre une autre. Il y a déjà eu assez d'effusion de sang.

— Parle-en avec Anton.

— Il n'y a pas de meilleures options ? Vous ne pouvez pas kidnapper Madisyn et l'amener dans un endroit neutre pour qu'on puisse parler toute les deux ?

Quand je le dis, ça semble fou. Les bratva vont chercher Madisyn et vont tuer toutes les personnes impliquées.

. . .

— Ce n'est pas une meilleure option, dit Declan.

Il a raison.

— Que suggères-tu ? demandé-je. Autre que de jeter l'homme qui nous a sauvé la vie dans la fosse aux lions pour être abattu ?

Je ne suis pas prête à faire tuer Nikita pour nous protéger. En l'état actuel des choses, nous avons réussi à survivre sans être découverts. Nous serons prêts si nous devons prendre un avion ou un autre train et quitter la ville. Nous avons un sac prêt juste au cas où les choses deviennent risquées.

— Nous pouvons pirater les tours de téléphonie cellulaire et te permettre de la contacter sans être tracée. Mais à moins que tu ne lui donnes des informations prouvant que vous êtes tous les deux loyaux envers la bratva, ils n'arrêteront pas de te chasser.

. . .

— Loyaux envers des hommes qui ont ordonné la mort d'Anton ?

Je suis consternée par leur suggestion.

— Je ne leur suis pas loyale.

Jaxson sourit.

— C'est probablement pour le mieux. Honnêtement, je ne les vois pas comme votre plus grande menace tant que vous restez en dehors des grandes villes et de leur radar. Ce qui nous ramène à l'agent Danvers, dit-il avec un soupir.

— Rien d'autre sur lui ?

Je n'arrive pas à y croire, six semaines, et ils n'ont rien trouvé de plus.

. . .

— Le gars a de nombreuses accolades. Il a certainement fait croire au Bureau qu'il était un type exceptionnel, dit Jaxson.

— Et l'agent Barrett Kingston ?

— Il est clean. Tu ne nous as pas demandé d'enquêter sur ton patron, dit Declan. Est-ce qu'il travaille avec Danvers ?

— Non, plutôt le contraire. Ces deux-là ne s'entendent pas, mais si Barrett ne peut pas faire grand-chose...

— Crois-moi, il ne peut pas, dit Jaxson. Danvers vient de se voir offrir une promotion. Il ne l'a pas encore acceptée, mais on a intercepté la lettre d'offre.

— Vous ne pouvez pas l'effacer ou quelque chose comme ça ?

. . .

Cet homme devrait être viré du bureau, pas recevoir une augmentation et plus de responsabilités, ce qui équivaut probablement à plus d'agents travaillant sous ses ordres.

— Ce ne serait pas très professionnel, dit Jaxson avec un sourire en coin. J'aimerais bien, mais même s'il disparaissait, je suis sûr qu'il sera appelé au bureau et informé de la promotion.

Je grogne dans mon souffle.

— Il n'y a rien que nous puissions faire à part le laisser prendre le contrôle du FBI.

La pièce est chaude, et je commence à avoir chaud. Je croise mes bras sur ma poitrine.

— Je n'aime pas nos options, dis-je. Qui semblent être peu ou pas du tout.

. . .

— Il y a une autre suggestion, mais je déteste l'évoquer, dit Jaxson.

Est-ce que ça pourrait être pire que ma suggestion ou celle de tout à l'heure, où nous livrons Nikita à Mikhail pour notre sécurité ? Je ne serais jamais d'accord avec ça, et Anton non plus.

— Allons droit au but, lancé-je, en fixant Jaxson.

Je deviens moins patiente après avoir côtoyé Anton, et mon tempérament est beaucoup plus vif qu'avant.

— Tu te rends au FBI.

— Alors c'est ma parole contre celle de Danvers, et le bureau se demande déjà si je suis complice. De plus, ça incriminerait Nikita dans le meurtre de Dmitri.

. . .

— Il a tiré sur Dmitri. Quelqu'un doit être tenu responsable de ce crime.

— Il a sauvé nos vies, dis-je. On serait mort si Nikita n'avait pas appuyé sur la gâchette. Il ne purge pas un jour de prison pour nous avoir protégés.

Plus je suis avec Anton, plus je lui ressemble.

— Alors mettez Mikhail derrière les barreaux pour avoir ordonné le coup, dit Declan.

— Je ne fais pas ça, dis-je en expirant un lourd soupir. Anton ne le ferait jamais, et pour être honnête, je comprends où il veut en venir. Je suis un agent du FBI, enfin, je l'étais, et j'ai réussi à entrer dans le cercle intime de Mikhail. J'ai travaillé dans son club. J'ai couché avec un de ses hommes. C'est mon œuvre. Et Anton ne me pardonnerait jamais si je faisais tomber Mikhail, même après la merde qu'on a traversée.

. . .

— C'est un meilleur homme que moi, dit Jaxson.

— On laisse la Bratva en dehors de ça sauf si je peux communiquer en toute sécurité avec Madisyn et que ça n'implique pas de ruiner la vie de Nikita et de mettre en danger nos propres vies à nouveau.

Jaxson et Declan échangent un regard.

— Nous verrons ce que nous pouvons faire.

Il y a un lourd silence entre eux, et je ne suis pas sûre de ce qui n'est pas dit.

— Nous devons nous concentrer sur Danvers.

— Et nous le faisons, m'assure Declan. Mais ça prend du temps.

. . .

— Ça fait six semaines qu'on est arrivés ici. Ce n'est pas assez ?

Je pensais que ces gars étaient les meilleurs au monde dans leur travail.

— Je te l'ai dit, la piste de l'argent est... compliquée, dit Jaxson.

— Mais qu'est-ce que ça veut dire ? Vous avez dit que ce n'étaient pas des fonds illégaux, mais il reçoit de gros salaires.

— L'argent vient de quelqu'un de haut placé dans le gouvernement.

Mon estomac se retourne à cause de sa découverte.

— Comme le directeur ?

. . .

— Plus haut.

L'expression de Jaxson est sinistre.

— C'est politique, ajoute-t-il.

— Quand bien même, l'argent mis à part, Danvers est celui qui se concentre sur l'implantation de preuves et la destruction de la vie d'un innocent.

— Je n'irais pas aussi loin, dit Declan en me lançant un regard perçant. Anton est bratva.

— Était bratva, dis-je. Et si vous pouvez m'obtenir un appel téléphonique avec Madisyn, intraçable, j'aimerais lui parler.

Bien que Declan et Jaxson ne pensent pas que cela suffirait à nous débarrasser de la bratva, Madisyn et moi étions amis. Peut-être que je peux utiliser ça pour la convaincre que nous ne sommes pas l'ennemi qu'ils croient que nous sommes.

— Nous allons faire en sorte que ça arrive.

Vingt-quatre heures plus tard, Jaxson m'informe que le moment est venu. Il me fournit le numéro de portable de Madisyn et a suivi ses déplacements pour s'assurer qu'elle n'est pas près de Mikhail quand j'appelle.

Le téléphone sonne, et j'attends en retenant mon souffle qu'elle décroche. Elle ne reconnaîtra pas le numéro.

— Allô ? Qui est à l'appareil ? demande Madisyn.

Je suis soulagée qu'elle ait décroché.

. . .

— Salut, Madisyn. C'est Savannah.

J'expire un grand coup.

— Où es-tu ?

— Je ne peux pas te le dire, dis-je.

Il y a du vent qui souffle et des arbres qui bruissent en arrière-plan. J'imagine qu'elle est dans un parc, probablement avec sa fille Kira, en train de la regarder jouer.

— Vous êtes partout dans les journaux. Le FBI vous recherche, toi et Anton.

Il faudrait que je vive chez les Amish pour ne pas savoir que nos visages et nos informations sont diffusés au niveau national.

. . .

— Je sais. Ils ne sont pas les seuls à nous traquer.

— Eh bien, tu n'aurais pas dû aller sous couverture, Savannah. Tu savais que c'était un risque du métier, se faire prendre. Les bratva sont des hommes dangereux.

— Mikhail a ordonné le meurtre d'Anton et moi.

Madisyn attend un moment. Il y a un silence à l'autre bout de la ligne, mais pas une immobilité totale qui me ferait penser que la ligne pourrait être coupée. Elle expire une lourde respiration.

— Ce sont juste les affaires. Tu as trahi la bratva, et Anton a trahi ses hommes en te couvrant.

— Il ne le savait que depuis quelques heures. Ne le blâme pas pour ce que j'ai fait. C'est de ma faute.

. . .

— Où es-tu ? demande Madisyn.

Je ne veux pas lui donner ma position. Je suis à l'intérieur, assise en face de Jaxson. Il peut entendre chaque mot de ma fin de conversation. Mais c'est l'endroit le plus sûr pour s'assurer qu'elle ne peut entendre aucun bruit à l'extérieur qui pourrait l'alerter sur l'endroit où nous sommes.

— Je suis en sécurité, dis-je.

C'est tout ce qu'elle obtient.

— Tu dois savoir que l'agent Danvers est en train de piéger Anton. Quelle que soit la preuve qu'ils ont, elle n'est pas réelle. Anton n'a pas trahi la bratva.

— Bien sûr qu'il l'a fait ! Il est entré dans le bâtiment du FBI et s'est rendu. Je suis sûr qu'il ne confessait pas ses crimes. Il demandait un marché et jetait Mikhail dans le feu.

. . .

— Ce n'est pas ce qui s'est passé.

Comment peut-elle penser qu'Anton ferait ça ?

— Tu as ma parole, Madisyn, j'étais là. Il est seulement venu me prévenir que la bratva était après moi.

— Je dois y aller, dit Madisyn en se raclant la gorge. Nikita arrive.

Je me mords la lèvre inférieure, me retenant d'incriminer Nikita dans le meurtre de Dmitri.

— Tout ce qui s'est passé, c'était seulement pour me protéger. Je l'aime, Madisyn. Tu dois savoir ce que c'est. Perdre tout et tout le monde par amour.

. . .

— Je suis désolée, je ne peux pas... je dois y aller.

La ligne est coupée.

Jaxson lève les yeux vers moi quand j'ai fini.

— Je suis désolé que ça ne se soit pas passé comme prévu.

— Ça s'est parfaitement passé, dis-je.

Je ne m'attendais pas à ce que Madisyn s'ouvre à moi à bras ouverts. Je voulais juste qu'elle m'écoute, qu'elle réalise qu'Anton n'est pas le monstre que Mikhail a fait de lui. Peut-être qu'elle peut user de son charme et aider à adoucir les choses. Non pas qu'Anton soit prêt à retourner à la vie de bratva, mais au moins il y aurait une organisation de moins pour nous tuer.

Après une longue journée de travail, je rentre à la maison. Nous avons quitté le studio de Declan pour un petit chalet que nous louons. C'est pittoresque, récemment construit, mais parfait pour nous deux.

C'est aussi juste de l'autre côté de la rivière, à côté de chez Jaxson Monroe. Il a mis en place un système de surveillance et d'alarme de premier ordre ; si quelque chose se passe, il est l'un des premiers à le savoir.

Mais c'est calme, tranquille, et presque trop parfait. Il y a une rivière pas très loin de la propriété et une forêt qui entoure les environs.

Je n'ai jamais pensé que j'aimerais l'éloignement, mais la pensée de la ville animée me retourne l'estomac. C'est vraiment devenu ma maison.

— Comment s'est passée ta journée ? demande Anton alors que j'enlève mes chaussures et que je laisse mon sac à main et mes clés près de la porte d'entrée.

Je ferme la maison à clé, m'assurant que personne d'autre ne peut entrer. C'est plus par habitude qu'autre chose.

Il n'y a eu aucun signe du FBI ou de la bratva, au courant de nos allées et venues. Bien que, parler avec Madisyn aujourd'hui me fait me sentir agitée. Un signe certain d'anxiété.

— Bien. J'ai parlé avec Madisyn aujourd'hui.

Je me dirige vers la cuisine pour aider à préparer le dîner.

Anton est au comptoir, il coupe des légumes sur une planche à découper en bois. Il s'arrête à la simple mention de Madisyn.

— La Madisyn de Mikhail ?

Il lève les yeux, peu amusé par ma confession.

— Je voulais qu'elle entende notre version des faits, sans Nikita qui a tué Dmitri.

. . .

Anton grogne dans son souffle.

— Je parie que ça s'est bien passé.

— Mieux que je ne le pensais. Elle ne m'a pas raccroché au nez. Et peut-être que ça fera avancer les choses pour que Mikhail oublie ce qui s'est passé.

— Ce n'est pas déjà fait ?

— Mikhail ne nous traque pas, ça ne veut pas dire qu'il nous a oublié. Ses ressources sont plus limitées qu'il ne veut bien l'admettre.

Il se remet à hacher les légumes plus fort et plus vite. Je le regarde, sans vouloir l'interrompre, de peur qu'il ne se coupe le doigt. J'attends qu'il prenne une autre carotte avant de parler.

. . .

— Tout ça mis à part, je voulais que Madisyn et Mikhail sachent que l'agent Danvers est sale.

— Pourquoi ? demande Anton. Quelle différence cela fait-il ?

— Tu ne penses pas que la bratva va se venger quand elle découvrira qu'un agent du FBI fabrique intentionnellement des preuves. Ils ont détruit ta réputation. Qui peut dire qu'ils ne feront pas la même chose à Mikhail ? Et ils ont déjà infiltré son organisation deux fois. Ce ne sera pas une autre femme agent s'ils le font à nouveau.

Il fait une pause momentanée avant de continuer à couper la carotte.

— Point pris.

Nos vies sont devenues assez domestiques, à force de vivre ensemble.

. . .

— Quoi qu'il en soit, j'espère qu'avec Mikhail se concentrant sur l'agent Danvers, ses ressources seront plus minces, et que nous resterons intacts.

— Mikhail ne va pas nous trouver ici, dit Anton. Toi et moi savons tous les deux que nous sommes en sécurité.

J'espère qu'il a raison, mais je ne peux pas m'empêcher de m'inquiéter.

— Le FBI est toujours là dehors, à notre recherche.

— Oui, mais ça fait des semaines que nos photos ne sont pas passées aux infos, et toi, chaton, tu ne ressembles en rien à ta photo.

C'est un soulagement de voir avec quelle facilité nous avons pu masquer nos apparences et prendre de nouvelles identités avec l'aide de Tactique de l'Aigle.

Anton est maintenant Jason Wilde, et je suis Mia Hawkins.

EPILOGUE PARTIE 1

ANTON

Deux semaines plus tard

Je n'avais jamais imaginé déménager dans le Montana, et encore moins dans une cabane dans les bois. Presque toute ma vie, j'ai fait partie de la bratva, leur étant loyal comme s'ils étaient mon sang.

Mais ça a changé.

Elle m'a changé. Non pas que je l'admette devant elle.

J'aime Savannah. Je l'aimerai toujours. M'enfuir avec elle, me jeter sur un feu brûlant pour la protéger, m'a appris qu'elle est ma seule chance de bonheur.

Le vrai bonheur.

Mais ne me demandez pas d'être sentimental. Ce n'est pas dans ma nature.

— Tu viens ?

Savannah m'appelle. Elle attend dehors et passe la tête dans le chalet.

Nous avons tous les deux convenu que quitter la petite ville pourrait nous mettre en danger. Et ce n'est pas la vie que nous voulons, avoir constamment à regarder par-dessus nos épaules, toujours en fuite.

J'aimerais l'emmener à Paris ou à Florence. Un endroit exotique et romantique. Mais prendre l'avion présente trop de risques, même avec nos nouvelles identités.

Je ne le ferai pas. Pas parce que j'ai peur de me faire prendre, mais parce que j'ai peur de ce qui arrivera à

Savannah si nous apparaissons sur le radar de Mikhail.

Il a été silencieux, pour autant que je puisse dire.

A-t-il cessé de nous chercher ? Je ne suis pas sûr. Il n'y a aucune nouvelle que la bratva a quitté New York, et Savannah me tient au courant de toutes les nouvelles. Je suis reconnaissant que les gars de Tactique de l'Aigle lui aient donné un travail et nous aident à maintenir un profil bas.

Je sors, ferme la porte derrière moi, et suis Savannah le long du chemin de terre jusqu'au jardin, où elle a installé une couverture sous une clairière d'arbres.

Nous aurions pu déplacer les chaises Adirondack devant la cabane dans le jardin. Ce soir, c'est la pluie de météores des Perséides, et si je ne peux pas lui faire traverser l'océan pour lui montrer le monde, je peux au moins me blottir avec elle dans mes bras et regarder les étoiles ensemble.

Savannah a étendu une épaisse couverture sur l'herbe. Elle a enlevé ses chaussures, une à chaque extrémité de la couverture. Je retire mes chaussures et fais de même, en empêchant les quatre extrémités de bouger.

Je m'assieds sur la couverture, et elle grimpe entre mes jambes, son dos contre ma poitrine. Nous devrons bientôt nous allonger. Mon cou ne supporte pas de rester debout pendant des heures dans cette position. Mais pour l'instant, tout est parfait.

Elle est parfaite.

— Regarde !

Elle montre le ciel nocturne dans lequel un météore s'embrase. Son excitation me rappelle celle d'un enfant le matin de Noël, plein d'émerveillement.

Je suppose que, ayant toujours vécu en ville, il n'y avait pas beaucoup d'observation du ciel la nuit - trop de pollution lumineuse. Je ne me souviens pas de la dernière fois où je me suis allongé dehors pour regarder une pluie de météorites.

Nous n'avons pas encore vu d'aurores boréales, mais je suis sûr que ce sera une autre aventure que nous pourrons entreprendre depuis la maison.

En hiver, il y a des montagnes pour faire du ski et du snowboard, ce que je n'ai jamais fait mais que j'ai hâte de découvrir. Il y a de nombreux sentiers dans les bois à explorer le week-end.

— J'ai des nouvelles excitantes pour nous, chuchoté-je en balayant ses cheveux d'un côté tandis que mes lèvres effleurent sa peau nue.

— Moi aussi.

— Tu commences, dis-je.

Elle secoue la tête.

— C'est toi qui as commencé.

— Ok.

Je glousse et la serre plus fort contre moi.

. . .

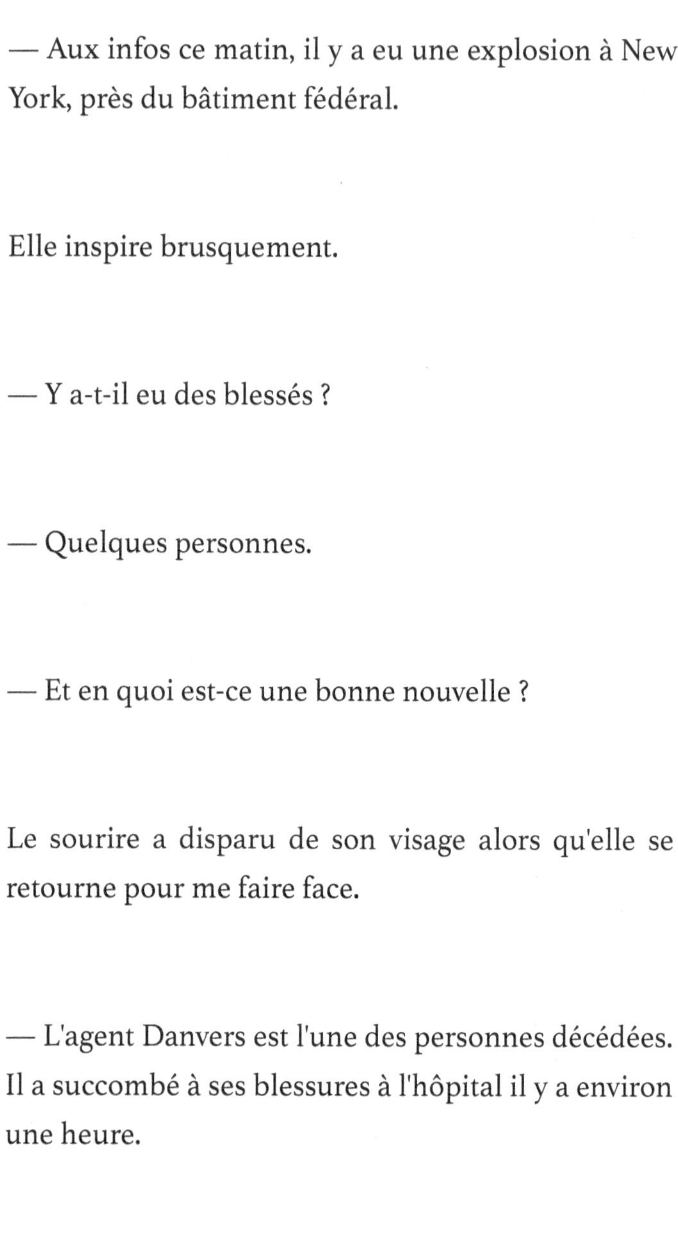

— Aux infos ce matin, il y a eu une explosion à New York, près du bâtiment fédéral.

Elle inspire brusquement.

— Y a-t-il eu des blessés ?

— Quelques personnes.

— Et en quoi est-ce une bonne nouvelle ?

Le sourire a disparu de son visage alors qu'elle se retourne pour me faire face.

— L'agent Danvers est l'une des personnes décédées. Il a succombé à ses blessures à l'hôpital il y a environ une heure.

Elle serre les lèvres l'une contre l'autre.

. . .

— Toi et moi avons une idée différente des bonnes nouvelles.

Ses sourcils sont serrés, et elle est troublée par ma révélation. Je pensais qu'elle serait plus heureuse, soulagée qu'il ne puisse pas nous embêter ou lui faire du mal.

— Ont-ils un suspect en garde à vue ?

Son esprit doit être en ébullition, se demandant si la bratva ou, plus précisément, Mikhail est derrière l'attaque.

— Oui, un minable avait été envoyé en prison, puis il était sorti car sa condamnation avait été annulée. Il s'avère que l'agent Danvers avait fabriqué des preuves et l'avait arrêté. Toutes ses affaire font l'objet d'une enquête.

. . .

— C'est dommage qu'il soit mort et qu'il n'aura pas à faire face aux conséquences, dit Savannah. J'aurais aimé voir la tête qu'il a fait quand il s'est fait prendre.

— Toi et moi, dis-je. Avec un peu de chance, cela permettra de blanchir nos deux noms. Mais honnêtement, je ne veux pas retourner à New York. J'aime bien cet endroit.

— Tu aimes bien ?

Elle sourit et me tire pour que je m'allonge sur la couverture. Nous fixons le ciel nocturne, regardant les météores brûler dans l'obscurité. C'est magnifique.

— Tu as de bonnes nouvelles à partager ? demandé-je, en changeant de sujet.

— Tu vas être père.

EPILOGUE PARTIE 2

Mikhail

La trahison coule dans les veines de ma famille.

Dmitri est mort.

Abattu par l'un des miens, et même si j'ai mis du temps à accepter ses actes, ce n'est pas entièrement sa faute.

Nous sommes tous, en partie, à blâmer. Je peux remercier Madisyn de m'avoir rappelé que c'est moi qui ai ordonné le meurtre d'Anton et Savannah. Si je n'avais pas agi si rapidement et, pour reprendre ses mots, si effrontément, Dmitri serait peut-être encore en vie.

La colère mijote sous la surface, comme un volcan prêt à entrer en éruption à tout moment.

Je lève les yeux vers la télévision, le téléscripteur qui défile en bas de l'écran indiquant les événements récents.

Nous n'avons rien à voir directement avec le bâtiment du FBI qui a été visé et frappé, mais je ne peux pas dire que la nouvelle m'attriste. Un sourire effleure mon visage.

— Ivan, fais venir Madisyn ici, dis-je.

Il y a un écran de télévision accroché dans le coin de mon bureau, fixé au mur. C'est nouveau.

Je veux être informé de tous les événements récents après ce qui s'est passé avec Anton. Voir son visage et celui de cet agent du FBI, Savannah, exposés aux infos nationales m'a donné de l'espoir.

Je n'ai pas à les traquer. Le FBI a les ressources pour le faire et s'en occupera pour moi.

Et quand ça arrivera, je dois être le premier à savoir qu'Anton est attrapé. Parce que, sans aucun doute, il essaiera de convaincre les fédéraux de lui proposer un marché pour sauver son cul. N'est-ce pas ce qu'il faisait au départ, se présenter au FBI et se rendre ?

Madisyn m'a assuré que ce n'était pas le cas, qu'elle avait des informations. Mais elle n'a pas voulu me dire sa source.

Savannah ou Anton ont-ils contacté Madisyn ?

J'ai promu Ivan après la mort de Dmitri, en lui donnant plus de responsabilités à l'intérieur du complexe au lieu de garder la porte à toute heure de la nuit. Il est plus heureux, et le jeune homme se surpasse, ce qui me plaît énormément.

— Oui, monsieur.

Il se précipite dans le couloir, probablement vers la salle de jeux où Madisyn divertit Kira. Il est tôt, et dans quelques heures, elles sortiront et iront à quelques endroits comme le parc ou ce cours « Maman et moi » auquel elle emmène la petite Kira.

Madisyn a été une mère exceptionnelle, dévouée à la sécurité de notre fille.

— Tu m'as demandé ?

Madisyn tient Kira dans ses bras, et ma fille s'échappe de l'emprise de sa mère et veut courir vers moi.

Kira est incroyablement timide, elle n'est pas du tout comme Madisyn ou moi à cet égard, ce que je trouve étrange, mais elle n'a même pas encore deux ans.

— Regarde, dis-je en faisant un geste vers l'écran de télévision. Les informations sont toujours centrées sur l'explosion qui s'est produite il y a quelques heures. Il y a eu une poignée de victimes, cinq décédées, vingt blessées, et un nombre inconnu encore enterré dans les décombres.

. . .

— S'il te plaît, dis-moi que tu n'as rien à voir avec ça, dit Madisyn.

Son expression est sinistre.

— Je peux t'assurer que faire exploser le bureau du FBI de New York n'était pas sur mon agenda cette semaine.

— Oh, mais c'était prévu pour la semaine prochaine ?

— C'est une blague, dis-je en essayant d'apaiser la tension qui a pu s'installer dans la pièce.

Même si je ne suis pas personnellement responsable de ce qui s'est passé, je ne suis pas complètement innocent.

Quand suis-je innocent ?

En ce qui concerne la police ou les fédéraux qui enquêtent sur l'affaire, j'ai les mains propres. Quand

Madisyn m'a alerté sur ce que l'agent Danvers avait fait, fabriquer des preuves pour essayer d'obtenir une condamnation pour Anton, j'ai su que je devais creuser davantage.

Si ce sale agent en avait après un de mes hommes, il avait sûrement fait la même chose à d'autres qui étaient déjà derrière les barreaux.

Avec un peu de travail d'investigation d'un ami, j'ai décidé d'engager un avocat pour représenter quatre hommes. Chacun de ces hommes avait été condamné dans des affaires où la seule preuve apportée au tribunal avait été recueillie auprès de l'agent Danvers.

Quatre hommes.

Tous emprisonnés à tort.

L'un d'entre eux était destiné à se venger quand il a été libéré.

Je ne peux pas dire que je suis surpris. Mais Madisyn n'a pas besoin d'en être informée, ni quiconque qui n'a pas eu accès à cette information privilégiée.

. . .

— Je me suis dit que tu devais l'entendre de ma bouche. Tu as toujours des amis là-bas ?

Bien qu'elle n'ait été en contact avec personne au bureau depuis son départ, je soupçonne qu'il y a des collègues qu'elle apprécie toujours et qu'elle ne voudrait pas voir blessés.

Elle roule ses lèvres l'une contre l'autre avant de tirer sa lèvre inférieure entre ses dents.

— Amis est un mot fort. Connaissances, oui.

Le FBI a détruit sa carrière quand elle est partie, à cause de ce qui s'est passé entre nous. Ce n'est pas étonnant qu'elle soit en colère, mais elle cache son amertume mieux que je ne pourrais jamais le faire.

Elle est plus calme, plus contrôlée et plus posée.

Je mettrais le feu à cet endroit si ça pouvait résoudre mes problèmes.

. . .

— Je ne souhaite ça à personne, dit Madisyn en faisant un geste vers l'écran de télévision. Même à mon pire ennemi.

— Qui est ?

Je suis curieux de savoir qui elle considérerait comme un ennemi. Est-elle en colère contre Savannah pour ce qu'elle a fait, nous avoir tous trahis ?

— Personne pour le moment. Tu as assez d'ennemis pour nous deux.

Je grogne à sa remarque. Elle n'a pas le moins du monde tort.

Madisyn halète en regardant l'écran. Il y a de brèves séquences de victimes transportées sur des civières.

— Qui est-ce ?

. . .

— C'est l'agent Danvers. C'est la vermine qui travaille pour le FBI.

Je reconnais le nom.

L'homme est plutôt ensanglanté, avec une entaille sur le front, alors que deux ambulanciers le portent sur un brancard vers une ambulance en attente. Il ne semble pas conscient, mais c'est difficile à dire à partir du clip de quelques secondes qui nous est montré.

— Il a la réputation d'être sale, dit Madisyn. La rumeur dit qu'il a fabriqué des preuves dans plusieurs affaires pour obtenir des condamnations.

J'expire un long souffle.

— Je me souviens que tu l'as mentionné une fois auparavant.

. . .

— Je ne crois pas qu'Anton soit coupable, dit Madisyn.

— Tu ne crois pas qu'il ait assassiné Dmitri ?

Elle tire sa lèvre inférieure entre ses dents. Silence.

Notre famille est devenue plus soudée, plus forte et plus solide, sans un maillon faible comme Anton pour nous abattre.

La vie de bratva n'est pas pour tout le monde.

Elle m'a convaincu que poursuivre Anton et Savannah est un gaspillage de mes ressources. Ce n'est pas l'aspect financier qui m'inquiète mais la main d'œuvre qui nous expose au cartel. Si je demande à mes hommes de suivre des pistes à travers le pays à chaque fois qu'on suspecte qu'Anton ou Savannah pourrait être quelque part, il y a moins d'hommes pour protéger ma famille.

Avec le FBI qui les traque, il est peu probable qu'ils se soient installés dans un endroit fixe.

Et ma famille est ma priorité numéro un.

Ce qui inclut la bratva, Madisyn, et ma fille, Kira.

Merci d'avoir lu Boss Obsessif ! J'espère que vous avez apprécié l'histoire d'Anton et Savannah. La série se poursuit avec Boss Dangereux, l'histoire de Dmitri et Sadie, qui sortira plus tard dans l'année.

N'oubliez pas de me suivre sur les réseaux sociaux et de vous inscrire à ma newsletter pour recevoir des informations sur les nouvelles parutions.

DU MÊME AUTEUR

Aigle Tactique

Révélation : Jaxson

Furtif : Mason

Dissimuler : Lincoln

Clandestine : Jayden

Mariages Mafieux

Vœu Secret

Vœu Captif

Vœu Sauvage

Vœu Non Consenti

Vœu Impitoyable

Frères Bratva

Boss Brutal

Boss Vicieux

Boss Possessif

Boss Obsessif

www.ingramcontent.com/pod-product-compliance
Lightning Source LLC
LaVergne TN
LVHW100504110826
845146LV00002B/504

* 9 7 9 8 8 8 6 3 7 1 7 7 2 *